岡村千秋

ああ船舶工兵隊

# 南十字星のもとに

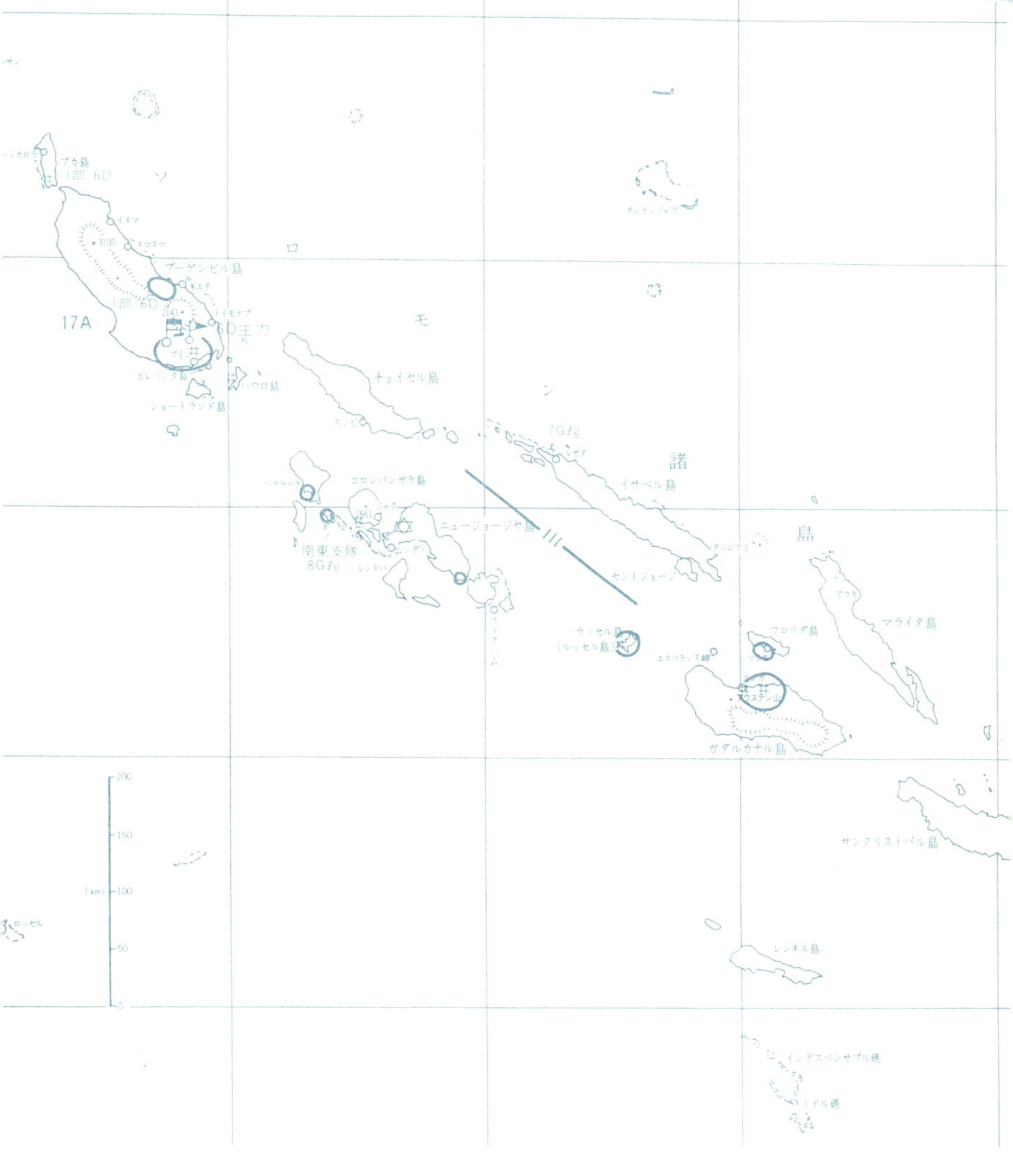


元就出版社

輸送船から大発に移乗する歩兵隊員

大発に移乗、前進する隊員

遠浅海岸で小発動艇から飛び込む歩兵隊員

遠浅海岸を前進する歩兵隊員

大発動艇から戦車の揚陸

訓練状況の一コマ。大発動艇船首の歩板を開いたところ

昭和57年5月3日、戦友会建立の鎮魂碑。左は歩兵第81連隊、右は野砲兵第23連隊

平成16年4月4日、元陸軍西部第八部隊、第27回「雄心の碑」慰霊祭

写真提供／著者・雑誌「丸」編集部

# 序

元陸軍西部第八部隊（船舶工兵第六連隊）顕彰碑
雄心の碑保存会会長　山本眞太郎

戦後六十年の今日、岡村千秋氏が昭和十六年九月、陸軍西部第八部隊に入隊され、勝ち戦から負け戦まで引き続き実戦に参加して生死の世界を乗り越えた奇蹟の戦闘記録を著されました。

昭和十五年に新設された西部第八部隊の兵隊さんは、敵前上陸専門の部隊で、戦地で一番危険なところで働く兵隊さんで、生きては帰れない部隊と聞いていました。

私達は大東亜戦争末期以降の悲惨さは話には聞き及んでおりますが、数少ない生存者の話の一つ一つには想像を絶するものがあります。誰もが「体験することも、見ることも出来ない」ことだけに尊厳そのものであります。

「己を顧みず祖国の為に雄々しく殉じられた方々の心の思い」を忘れてはすまないと、「第八部隊の雄心の保存」に努力しておりますが、この本を見て一気に読み終わり、また繰り返し読んでいましたほどに、私達の気持ちを良い本にして頂きました。感謝を込めて多くの方々にお薦め致します。

平成十七年六月六日

# 南十字星のもとに——目次

序――山本眞太郎（雄心の碑保存会会長） 5

一――フィリッピン及びジャワ攻略作戦 15
一、召集令状 15
二、フィリッピン進攻 18
三、リンガエン湾 21
四、ジャワ進攻 23
五、ジャワ上陸戦闘 25
六、スラバヤ宿営地 27
七、あとがき 29

二――ガダルカナル島作戦 31
一、概況 31
二、「ガ」島上陸 35
三、物資の担送 39

四、後方転進　42
五、撤収作戦　46

三―ラバウルよりセブ島へ　55

一、ラバウル　55
二、僚船轟沈　58
三、セブ島　61
四、セブ島出発　64

四―コロンバンガラ島撤収作戦　67

一、概況　67
二、作戦準備　69
三、第一次出撃　72
四、戦友の死　75
五、第二次出撃　77

六、潰滅の艇隊　79
七、戦い終わって　81

五―ブ島内移動　86
一、トノレー湾　86
二、タリナ　88
三、ヌマヌマ地区　90

六―山岳守備隊　93
一、歩兵中隊へ派遣　93
二、山の守備隊　94
三、敵状偵察　97
四、土人部落　99
五、山岳方面偵察　100
六、強化訓練　103

七、原隊復帰　105

七――終戦　107
一、アリグワ　107
二、終戦　108
三、移動　110
四、タロキナ基地　114
五、終わりに　116

あとがき　119
付Ⅰ――船舶隊の歌　121
付Ⅱ――旧陸軍／各種舟艇主要諸元表　125
付Ⅲ――行動年表　126

装幀——純谷祥一

# 南十字星のもとに

## ――ああ船舶工兵隊

#  一――フィリッピン及びジャワ攻略作戦



## 一、召集令状

昭和十六年九月下旬のある日、思いがけなく召集令状を受けとった。「九月二十八日午前九時までに、独立工兵第二十六連隊（現柳井市伊保庄）に入隊せよ」とのこと。入隊日までは、あと四、五日、あわただしく身辺整理をし、あいさつまわり、地元神社での壮行会など、当時は役場に兵事係という担当係があって、徴兵事務から入隊、除隊、戦没者のことまでいろいろと世話をしていた。

私も満州事変以来、出征兵士はたびたび見送ってきていたが、自分の番となるととまどうことばかり。

そんなとき、阿南惟幾陸軍中将（その後、陸軍大将。終戦当時の陸軍大臣）の夫人から、毛筆で認《したた》められた丁寧な激励のお手紙を頂く。直前まで陸軍次官官邸の書生としてお世話になっていた関係ながら、まことに感激の極みであった。

入隊当日は、村境の峠の上まで万歳の声で見送られ、また何人かは自転車に乗って部隊入口まで見送ってくれた。

翌日からきびしい訓練が始まる。この部隊は、南方作戦を視野に入れた船舶工兵隊で、ここでは基礎訓練、手旗信号、無線通信、毒ガス教育、ディーゼルエンジン取り扱いなどの教育を受ける。

十一月中旬、同年兵約五十名と共に宇品経由で台湾高雄市郊外安平《アンピン》の独立工兵第二十八連隊（後に船舶工兵第三連隊と改称）に転属する。内地を発つときは、秋も深く肌寒い季節であったが、ここに来ると急に夏が来たようで、初めて見る南十字星は南天に輝き神々しいばかり。これから四年余にも及ぶ長い期間、どれだけ励まされ慰められたことか、予測もつかないことであった。

ここでは毎日、大発動艇や小発動艇の操作訓練、砂浜海岸への接岸、離陸訓練、高雄港外停泊中の輸送船への接舷、貨物の積み下ろし、兵員移乗の訓練が続けられた。この附近はいつも三、四メートルの高波があり、訓練はすこぶるきびしいもので船酔いする者も多かったが、幸いにも私は船酔いに負けなかったのでこの点は気が楽であった。

諸
沖縄
島
福州
台北
基隆
台湾
馬公
澎湖島
屏東
高雄
昆明
広東
虎門
九竜
香港
澳門
汕頭
河内(ハノイ)
海防
南シナ海
海南島
三亜
ランパン
モールメン
タイ
仏印
バンコク
プラチャップ
チュンポン
プノンペン(金辺)
ツダウム
サイゴン
ナトラン
カムラン
サンジャック
タイランド湾(泰湾)
ナコン
プロコンドル島
シンゴラ
パタニ
コタバル
アロルスター
マレー
マラッカ海峡
プリンス・オブ・ウェールズ
レパルス
撃沈点
クアラルンプール
メルシン
アナンバス諸島
ジョホールバール
シンガポール
ビンタン島
パカンバル
スマトラ
パダン
リンガ島
シンケップ島
ジャンビー
ムントク
バンカ島
パンカルピナン
パレンバン
ガスパル海峡
ビリトン島
ベンクレン
マルタプラ
テロックベトン
スマンカ湾
ランプン湾
メラク
バンタム
バタビア
チリリタン
カリジャチィ
パトロール
バンドン
マゲラン
チラチャップ
ジャワ
ジャワ海
クラガン
ソロ河
マヅラ島
カンゲラン諸島
プロボリンゴ
ボジョネゴロ
スラバヤ
バリー島
カリマンタン
パマンカット
サンバス
シンカワン
マンパワ
ポンチャナック
ベンカヤン
クチン
カリマタ海峡
ボルネオ
ジェッセルトン
ラブアン島
サンダカン
セリヤ
ミリ
タワオ
タラカン島
サマリンダ
サンガサンガ
バリクパパン
バンジェルマシン
マルタプラ
コタバル
ラウト島
セラタン岬
バウェアン島
マカッサル海峡
マカッサル
セレベス
セレベス海
メナド
ケマ
バンカ島
モルッカ海峡
ハルマヘラ
モルッカ諸島
スラ諸島
セラム島
ブルウ島
アンボン
スターリング湾
ケンダリー
バンダ海
オンバイ海峡
デリー
チモール島
チモール海
クーパン
ポートダーウィン
アパリ
ビガン
ラオアグ
ルソン島
リンガエン
カバナツアン
マニラ
バタアン半島
ラモン湾
フィリピン
レガスピー
アポ水道
ミンダナオ島
ダバオ
コタバト
マラライ
バタ
ホロ島

## 二、フィリッピン進攻

十二月八日、米英への宣戦が布告され、頭上を通って南に向かう航空機が急に多くなり、我が軍の勝利と戦果を報ずるニュースがしきりに流される。十二月半ばになって兵員を満載した輸送船の入港が多くなり、船腹からたらされた縄梯子から大発への移乗訓練が頻繁に行なわれた。やがて私たちの大発や小発も輸送船の甲板上に搭載して固定、兵員は船倉に設けられた二段床、三段床に押し込められて高雄港を出港する。

戦史によると、南方作戦の準備は極秘のうちに進められ、昭和十六年十一月初めには米英蘭との開戦を決意、全陸軍五十一ヶ師団二百万のうち、南方作戦に十一ヶ師団をあてるものとし、その内訳は概《おおむ》ね次の通りであった。

南方軍総司令官　寺内寿一大将
比島作戦担当　第十四軍　二ヶ師団　本間雅晴中将
ジャワ作戦担当　第十六軍　二ヶ師団　今村均中将
印度支那作戦担当　第十五軍　二ヶ師団　飯田祥二郎中将
マレー作戦担当　第二十五軍　五ヶ師団　山下奉文中将

十二月二十一日深夜、比島リンガエン湾沖合に到着すると共に、各輸送船は搭載の大、小発動艇を降ろして、完全武装の兵員を舷側の縄梯子伝いに移乗させ、一斉に海岸に向かって驀進《ばくしん》する。暗夜のため前方はボンヤリとしか見えず、ただ訓練どおり前進するのみ。海岸に近づくと巻波がひどくなり、まもなくズズーッと重い感触とともに舟底が砂利に乗り上げるが、岸まではまだ四、五十メートルはある。船首にいた私たちが竿をついてみると、船底は地についているのに、船首の方はまだ深くて竿がたたない。ここは巻波海岸、つまり洗濯板のようなデコボコした遠浅海岸で、舟艇の接岸には最悪である。見れば他の舟艇も岸まで着くことが出来ず悪戦苦闘している。

夜はしらじらと明けて来る。しばらくは前進するよう努力してみるが、舟艇は動かない。このままでは接岸困難とみた艇長は、舟艇をバックさせるためエンジンを全開にし、錨綱を巻いて後退しようとするが、舟艇はビクともしない。おまけに逆転止めのビスまでとんでしまう。

仕方なく私たち船首にいた者も一緒になって、手巻きのハンドルを併用して後進のため錨綱を巻こうとするが、大波のたびに腕も折れんばかりにハンドルが逆転する。腕の骨折を訴える者もいたが、その間にも船体は砂にめり込んだまま動こうともしない。

時々、敵機が飛来して機銃掃射を繰り返すが反撃も出来ない。船首の前方を救命胴衣をつけ、完全武装の歩兵隊員が、頭まで沈んだまま左のほうから右の方へポカリポカリと流されて行く、一人また一人。舟艇が地についたので、浅いと思って飛び込んだものに相違ない。助けようとしたが竿が届かない。飛び込んだら、こちらまで流されてしまうに違いない。いつまでも心に残る残念な思い出である。

巻波との戦いはしばらく続き、少し波が治まった頃、他の舟艇の支援を得てようやく巻波海岸からはなれることが出来た。まさに散々な初陣であった。私たちの舟艇には戦車と兵員を搭載していたが、この日座礁した舟艇もあり、接岸地点を変更してようやく揚陸することが出来た。

なおこの日、運よく上陸できた戦車隊の一部三台が、歩兵隊員と共に前進し、私たちの上陸地点方面に向かっていた敵戦車八台と遭遇交戦し、これを撃破して一部を捕獲したとのことであった。

戦史によると、この日、リンガエン湾に進入した輸送船団は、暗黒のため予定泊地を見誤り湾内深く進入し、全般に南方に移行分散してその正面海岸は二十四キロに及んだ。

また天明後、天候が急変し、高さ二メートル以上の巻波を生じ、第一回上陸部隊の大、小発動艇は高波のため擱座、転覆または流され、艀《ハシケ》は使用不能となり、第一回発進の舟艇の大部分は本船に帰来せず、そのうえ船舶工兵の兵力不足のため作業は意の如く進まず、八時上陸予定の師団長は一六時〇五分上陸す、とある。

また第十四軍の比島攻略作戦は、二方面から上陸、その規模などは次のとおりであった。

十二月二十二日　リンガエン湾上陸

第四十八師団、第十六師団の一部　第一次輸送船二十七隻　二次、三次　合計七十六隻　兵員四万三千百名

十二月二十四日　ラモン湾上陸

第十六師団主力　輸送船二十四隻　兵員七千名

マニラ湾は敵の抵抗があって輸送船が入れないため、リンガエン湾への輸送船の入港が続き、兵員、物資の揚陸作業が毎日忙しい。

## 三、リンガエン湾

昭和十七年の元旦は、異臭の漂う煙の中で迎えた。ニッパ椰子の葉でふいた粗末な小屋の前方には、双方の戦没者の遺体を焼く煙がいつまでもくすぶり続けて、何とも異様な雰囲気である。それに蚤《のみ》の多いこと、サソリが多いこと、ぬいだ衣服や靴はかならずよくふるってから身につけるようにする。

そんなとき、沈船引き上げ戦場整理の目的で、私たち隊員二十名ばかりがトラック二台に分乗して海岸沿いに北上し、小さな集落に到着した。村人は山に逃避し人影はない。椰子の木が立ち並ぶ海岸は、砂浜部分の少ない急深海岸だ。わが揚陸隊の木造船が数隻、弾痕も生々しく無残な姿をさらしている。この木造船は焼玉エンジンで、通称ヤンマー船と

呼び、運搬用としていたもので、上陸作戦に使用する舟艇ではない。海岸沿いに掘られた塹壕は延々と続き、至るところに薬莢《やっきょう》が散乱、激しい戦闘をものがたっている。

もし船団が予定通りに進入碇泊していれば、この正面は私たちの部隊が担当することになっていたかも知れない。当時もっともよく訓練され、優秀部隊と自認していただけに、双方に大きな被害が出たに違いない。

ここでも木材を櫓《やぐら》に組んで死体を焼く煙と、生ぐさい臭いがただよって何ともいえない。放し飼いの鶏をとらえようとして追いかけるが、五、六メートルもの高さを飛んで、なかなかつかまらない。隊員四、五人、上半身裸、ねじり鉢巻姿で追いまわしていたら、サイドカーで通りかかった憲兵にみとがめられ、「どこの部隊だ。そのざまは何だ」とどなられる。ヒゲの班長が咄嗟《とっさ》の気転で、「歩兵中隊です」と直立不動の敬礼をしたら、あきれた顔で立ち去った。

現地調達を予定していた食料が不足し、物置小屋で見つけた落花生を煎《い》って食事代わりに食べたところ、全員上げたり下げたりの大騒ぎ、しばらく体調がもどらなかった。

一月二日マニラ占領、米比軍はマッカーサー大将指揮のもと、バタアン半島方面へ退避した。コレヒドール島要塞を含めた、マニラ湾要塞は堅固な陣地を構築、九ヶ師団八万の兵力を有して頑強に抵抗したが、我が軍首脳は研究不十分でこれを軽視したため、五月六日コレヒドール島要塞陥落までに、我が軍に大きな損害をもたらすことになった。なお、この米比軍降伏の原因は、八万の兵員のほかに避難民二万六千人を受け入れたための食料不足が最大の原因といわれる。

一月十六日、我が船舶工兵隊は、第十四軍から第十六軍の指揮下に入れられた。

## 四、ジャワ進攻

二月に入り、兵員や物資を満載した船舶の入港が多くなり、二月八日、私たち船舶工兵隊も大、小発とともに輸送船に乗船し、リンガエン湾を出港する。

ついでフィリッピン群島南端のホロ島に一時寄港する。ここは天然の良港で、船上から見る海はすきとおるように美しく、船側に畳十帖分もありそうな大きな魚が背を見せて動こうともしない。後に魚博士に聞いたところによると、アカエイ科に属するもので、マラッカ海峡水域でよく見られる大型エイ類だとのこと。

戦史によると、ジャワ攻略にあたった第十六軍は、第二師団、第三十八師団、第四十八師団を基幹とする約九万七千八百人で、西部ジャワ上陸部隊は輸送船五十六隻（おおむね六、七千トン級）、東部ジャワ上陸部隊は輸送船三十八隻であった。

この作戦のため、当時すでに南部スマトラ、ボルネオ南部、バリ島を占領、また東部チモール、ラバウルを占領、マレー半島は完全支配の状態であった。

ホロ島を出港して間もない頃、輜重隊《しちょう》の死亡した馬を水葬にするため、甲板上で指揮していた甲板長が、身をのり出しすぎて馬とともに海中に転落、アッというまに波間に消えてしまった。船団航行中のこととて、助けることも出来ない悲しい出来事であった。

私たち東部ジャワ上陸部隊が進行中、スラバヤ沖に敵巡洋艦五、駆逐艦九を発見、速力十二ノットとの偵察情報に接し、作戦を延期することになる。その後も行きつもどりつしながら二月二十七日を迎える。当時わが船団の護衛艦隊は軽巡洋艦「那珂」のほか駆逐艦八隻であったが、これとは別にこの海域には航空母艦、戦艦を擁する機動艦隊や、巡洋艦、駆逐艦等を基幹とする戦隊などが作戦支援中であった。

また一方、二月十八日、仏印カムラン湾を出港した西部ジャワ上陸部隊も、敵艦隊の動向をみながら作戦予定を変更しつつあった。

二十七日午後になって、私たちの船団がジャワ海を航行中、はるか右後方よりにわかに砲声が轟《とどろ》き、続いて右前方からも砲声が聞こえる。右前方に敵艦隊ありとのことで、わが船団は船足を止め、対潜監視を強化する。

いよいよ海戦である。私たち船舶工兵は、甲板上に積み重ね固定された大発の船上から、この海戦を見守ることになった。まさに一等席である。砲声は暗くなるまで続き、双方遥かに黒煙や火焔が見られた。戦史によると、この海戦は後にスラバヤ沖海戦と呼ばれ、オランダ巡洋艦二隻及び駆逐艦一隻、イギリス駆逐艦一隻沈没、わが方の損害は不詳。

## 五、ジャワ上陸戦闘

二月二十八日夜おそく、わが東部ジャワ上陸部隊は、クラガン沖泊地に進入したが、急降下爆撃機約十機が照明弾を投下し、執拗《しつよう》に爆撃する。また、これを迎えうつ各輸送船搭載の高射砲が一斉に砲口を開き、雷鳴のように発射音が轟き、船腹がビリビリとふるえる。また、泊地に魚雷艇三隻がつっこんで来て魚雷攻撃をくり返す。このため輸送船一隻沈没、一隻擱座、戦死傷者多数発生。

こうした中、上陸部隊は舟艇に移乗し、零時四十分、一斉に陸岸に向かう。この海岸には木棚などの障害物はあったが、舟艇の接岸に支障なく、また抵抗する敵兵の姿もなかったので揚陸作業は順調に進んだ。

一方、西部ジャワ上陸部隊は、バタビヤ、バンドンを目指して同日未明、バンタム湾パトロール方面に上陸を開始、この日十四日の月はあったがくもり、米および豪の二巡洋艦来襲、ついで高速魚雷艇が突っ込んで来た。このため今村軍司令官の乗船や病院船など四隻が沈没または擱座する。軍司令官らは、沈没した乗船から流れ出た重油の海から助け上げられて無事。

この日、バタビヤ沖でも海戦があり、米重巡一隻、豪軽巡一隻、蘭駆逐艦一隻沈没、わが方にも輸送船数隻沈没その他の損害あり。

私は小型の高速艇乗組だったので、輸送船との連絡などに動きまわる。ある日、大型輸送船の左舷に繋留して待機していたところ、輸送船が泊地を移動するから高速艇をはなせとの指示があり、急いで繋留綱をといて輸送船からはなれようとしたが、すでに右舵《おもかじ》一杯で前進中だったからたまらない、アッというまに船尾まで流され、スクリューに巻き込まれてしまった。

積荷をおろした空船の大きなスクリューは、三分の一ばかり水上に出たままで、わが小型高速艇のうすい船底を、バリンバリンと下から切るようにして回る。

「舟からはなれるな」という艇長の声をききながら、夢中で舟艇にしがみつく。眼の前のスクリューが何とも大きいのにビックリする。ずいぶん長い時間がすぎたように思われたが、せいぜい三分か五分、「大丈夫かー」という頭上の声に、やっとスクリューの回転が止まっているのに気がついた。

船舶高射砲隊員が上から見ていて、船橋《ブリッジ》に連絡してくれたものらしい。おかげで命拾いし、乗組員三名に異常はなかったものの、わが小型高速艇はメチャメチャで、浮いているのが不思議なくらい。

それから間もなく、私たち船舶工兵隊員十名ばかりで、陸路スラバヤ軍港に先行することになった。トラック輸送隊に便乗してクラガンを出発、戦闘部隊の進路に沿って九日夕方、スラバヤ軍港に到着する。途中で出会った地元住民は、すこぶる好意的で、いたるところで歓迎を受けた。

一方、西部ジャワ上陸部隊は、バタビヤ、バンドンを目指して進攻、蘭印軍の激しい抵抗を受ける。三月七日夜、バンドン要塞攻撃中、降伏の申し出があり、翌日、今村軍司令官は、テルボーテン陸軍長官、チャルダー総督らと会談し、ラジオを通じて全軍に降伏を告示、三月九日、蘭印軍は全面降伏した。

## 六、スラバヤ宿営地

蘭印軍の全面降伏をうけて、三月十日朝、戦闘部隊のスラバヤ要塞入城式があり、私たち先遣隊は軍港内の海軍兵舎に入った。附近の建物はまだ燃えているものもあったが、これは蘭印軍が逃げるとき放火したものらしく、人影もなく燃えるにまかせる状態であった。

さっそく燃えている建物に行ってみると、食料品倉庫やビールなどの倉庫で、今まで口にしたこともないような贅沢《ぜいたく》な缶詰類や珍しい携帯食糧などが山積みで、おそらく軍専用の食糧倉庫だったものと思われる。

私たちは、宿営地を確保し、物資を調達して待つうち、クラガン沖から海岸伝いにわが舟艇部隊本体が移動して来た。

スラバヤ軍港内の割り当てられた埠頭の建物は、元は倉庫だったものらしく、一区画一室に中隊全員約三百名が宿営することになった。

舟艇の一部は宿営地前の埠頭に繋留したが、大部分は少しはなれた砂浜海岸に繋留して訓練や整備をし、夜は舟艇監視班を置いて監視していた。だが、夕方になると地元の漁師がエビや小魚を持って来るので、これをてんぷらにして一杯やるのが楽しみで、舟艇監視を希望する者が多かった。

また、宿営地から少しはなれた広場に演習に行くと、どこからともなく地元の人たちが集まって来て、涼しい木陰でのんびりと見物して帰ろうともせず、食べ物の屋台まで来る始末。ここでは暑い日中は全戸、戸を締めて休み、朝晩の涼しい時間帯に仕事をする生活習慣があり、また用便は川や海にするのが慣わしであった。

兵舎内では、毎日煙草の小箱一ヶと、ビール一本が配給され、兵舎入口にはワインの大樽がすえられて、いつでも自由に飲むことが出来た。これまで酒や煙草をたしまなかった私だが、いつのまにか酒の味を覚えてしまった。兵舎での食事は、内地と変わらないような豆腐や漬物など豊富な食材が食卓に上り、不自由を感じさせない。

兵舎での夜は、マラリア蚊予防のため、全員大型の蚊帳をつって休み、予防薬として硫酸キニーネ錠剤を服用、マラリア発熱患者については不寝番が、濡れタオルで頭を冷やして廻って行く。

週一回の外出日には、みんなで街のバーにくり出し、冷房のきいた華《はな》やかな雰囲気の中で、冷たいビールをたしなみ、音楽やバリ島舞踊を楽しんだものである。

戦時中であることを忘れさせるような、のどかな生活がしばらく続いたが、これは私の戦史の中の一瞬のオアシスだったかも知れない。

戦況はいよいよ厳しさを増し、後世、天下分けめの激戦といわれた、ガダルカナル島攻防戦が刻一刻と迫りつつあった。

## 七、あとがき

この参戦記執筆中の平成十四年五月、中国瀋陽（旧奉天）で起きた北朝鮮からの亡命者連行事件でクローズアップされた、在中国大使阿南惟茂氏の名前を久しぶりに聞いて、ほんとうになつかしい思いがした。

思えば昭和十五年頃、陸軍次官（阿南惟幾中将）官邸で書生をしていたことがある。私の記憶では、惟茂氏は四男二女の末子だった。当時、私の仕事は官邸の清掃管理、来客の応接やお使いで、高官の出入りも少なくなかった。

ある日、支那派遣軍総司令官だった畑俊六大将が、伴もつれず来訪されたことがある。

物静かな小柄な紳士で、応接室にご案内したが、玄関にぬぎそろえられた黒皮の長靴《ちょうか》が意外に小さかったのが、今も印象に残っている。

また陸軍大臣（当時東条英機大将、昭和十六年十月十八日、近衛内閣に替わって東条内閣誕生）官邸には、何度かお使いに行ったが、そのつど東条夫人自ら応待され、いつも一円札二枚（現在の二万円以上）を懐紙に包んでさし出されるので、遠慮してご辞退すると、「遠慮しなくていいのよ、ご苦労さん」といって苦学生の相手をいたわるお心遣いが、今も鮮明に思い出される。

阿南夫人はいつも「男の人には将来があるのだから」と言って、女性の家族よりも書生の私を先に入浴させるような、心くばりをする方で、また長男、次男が陸軍士官学校在学中だったこともあり、陸士入学をすすめられたこともあった。

官邸生活は一年余りだったが、軍閥最盛期における上層部の家庭環境は、今思い出しても至って和やかなものであった。昭和二十年八月終戦前夜、「一死以って大罪を謝し奉る」との遺書を残し、自決された阿南陸相の最後は、あまりにも有名であり、その後出家して亡き主人の霊を弔らわれた夫人ともども、生前のあの温顔が眼に浮かぶようで、心よりご冥福をお祈りする次第である。

# 二――ガダルカナル島作戦

## 一、概況

防衛研修所戦史室の資料によって、ガダルカナル島攻防の顚末を列記すると、概ね次のとおりである。

昭和十六年十二月　開戦間もなく英領マレーと米領フィリッピンを急襲。

昭和十七年一月　ニューブリテン島ラバウルとその周辺要地を攻略。

三月　蘭領東インド、ブーゲンビル島、東部ニューギニア等に進攻。

五月　ガダルカナル島及びフロリダ島に上陸。

七月　わが軍は「ガ」島に飛行場を、また隣接するフロリダ島ツラギに水上基地の建設を開始。

八月七日「ガ」島ルンガ岬及びフロリダ島ツラギに敵機動艦隊来襲、建設中のわが飛行場を占領、飛行場警備隊百五十名と非武装の飛行場設営隊二千五百七十名は多くの損害を出しながら西方に退避。

八月十八日　一木支隊（隊長一木大佐）の先遣隊九百名「ガ」島に上陸。

八月二十日夜　一木支隊、飛行場攻撃を強行するも失敗、翌日午後、軍旗を奉焼し、支隊長以下七百七十余名戦死。

八月二十五日　一木支隊主力の船団輸送失敗、前線の食料弾薬欠乏。

八月二十八日より九月四日にかけて、艦艇輸送により川口支隊（川口少将）の歩兵四ヶ大隊「ガ」島上陸。

九月十二日夜より十三日夜にかけて、川口支隊「ガ」島飛行場攻撃を実施するも失敗し、戦死者多数、陸上部隊の食料皆無となり、爾後栄養不良による死者続出。

こうした間にも「ガ」島周辺では、数次にわたり激しい海上戦、航空戦が行なわれた。

九月二十三日より海軍機による食料補給を続行。

十月三日以降、艦艇輸送により第二師団（丸山中将）主力「ガ」島上陸。

十月九日　第十七軍司令部（百武中将）ガ島上陸
十月十四日　快速輸送船団六隻による揚陸作戦は、三隻を失うも兵員、物資の揚陸成功、

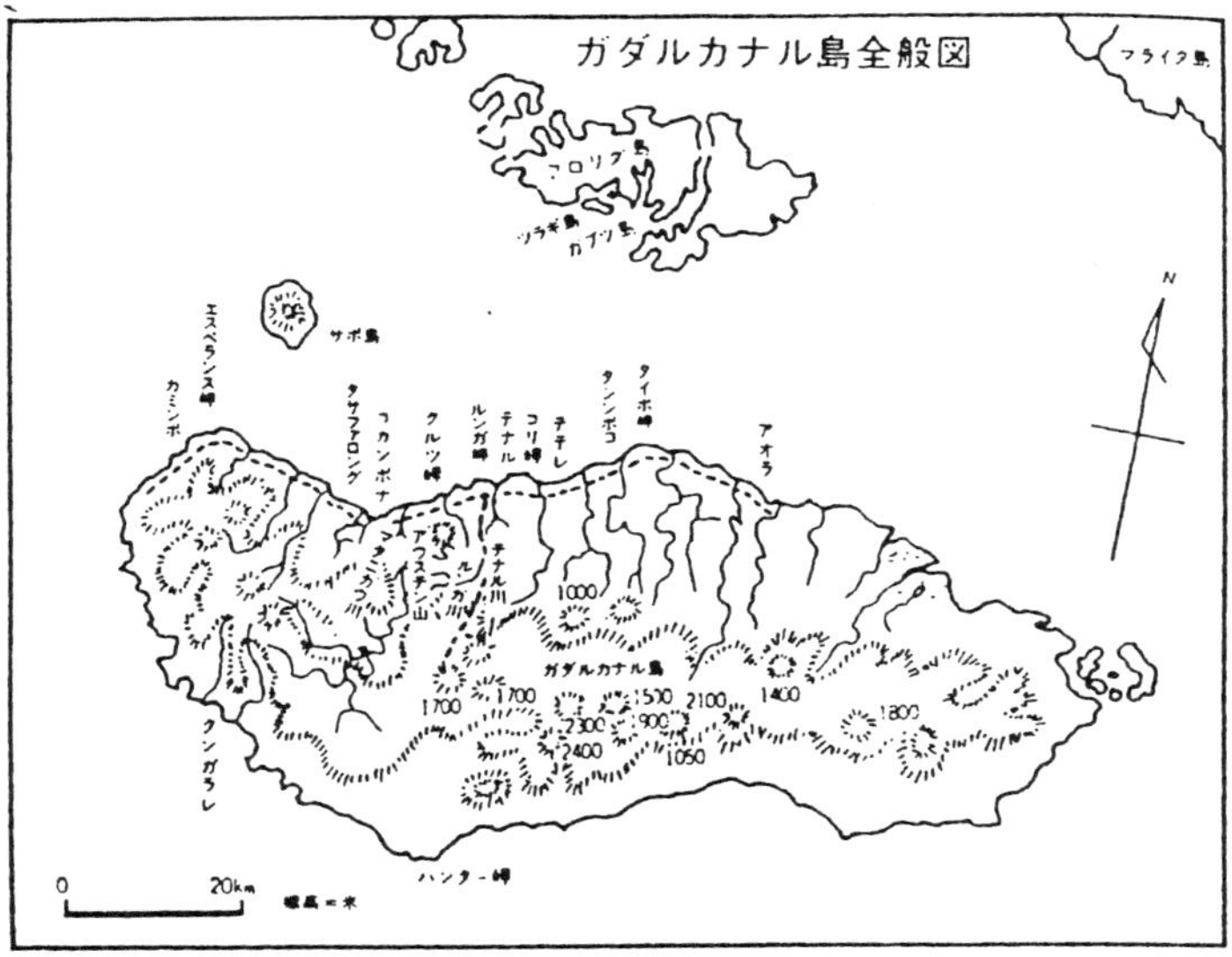
ガダルカナル島全般図
フライク島
フロリダ島
ツラギ島
ガブツ島
サボ島
エスペランス岬
カミンボ
タサファロング
コカンボナ
クルツ岬
ルンガ岬
テナル
コリ岬
テテレ
タシンボコ
タイホ岬
アオラ
アウステン山
マタニカウ川
ルンガ川
テナル川
ガダルカナル島
1000
1700
1700
1500
2100
1400
2300
900
1800
2400
1050
クンガラレ
ハンター岬
0
20km
N

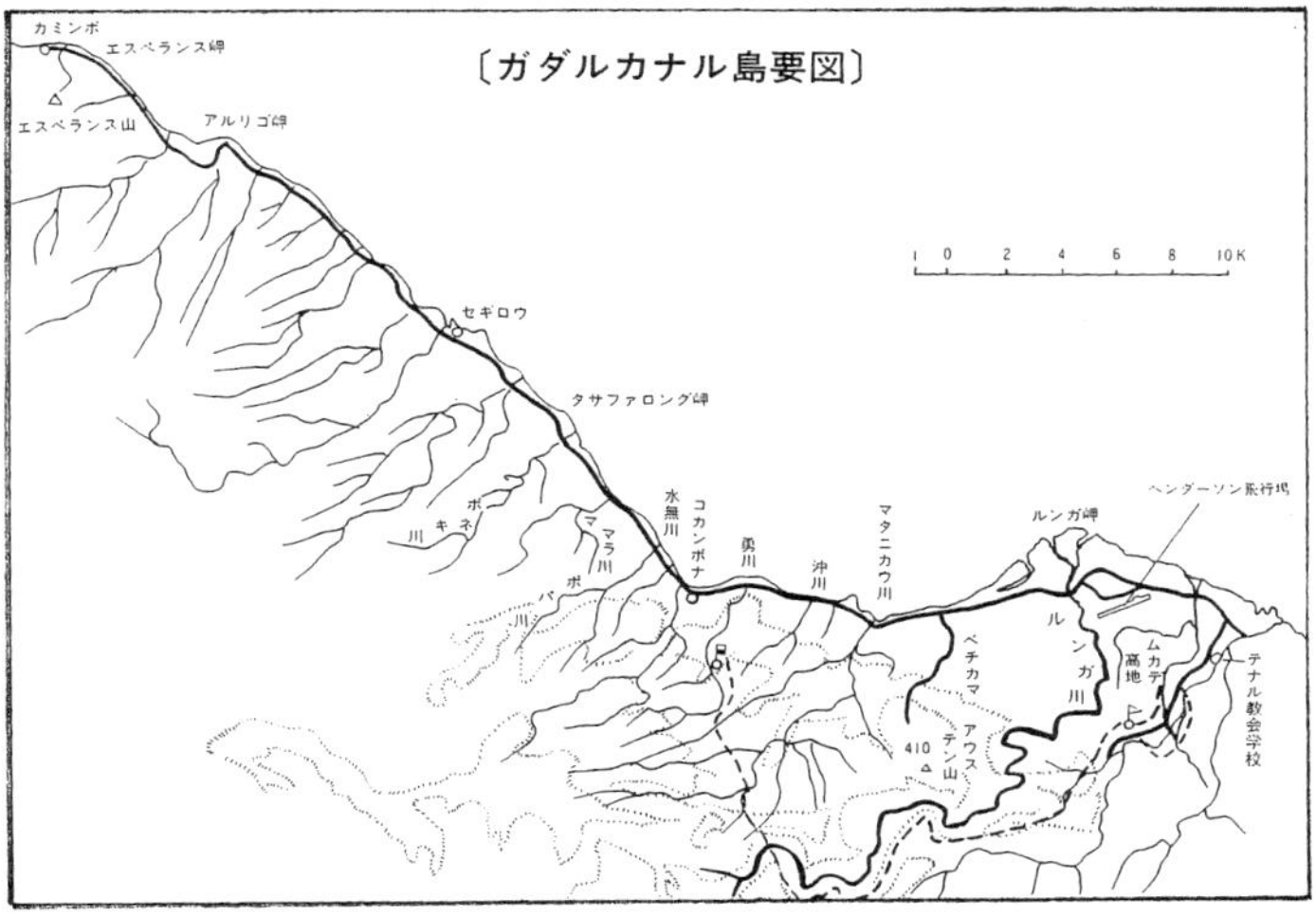
〔ガダルカナル島要図〕
カミンボ
エスペランス岬
エスペランス山
アルリゴ岬
0 2 4 6 8 10K
セギロウ
タサファロング岬
ボネキ川
マママラ川
ボパ川
水無川
コカンボナ
勇川
沖川
マタニカウ川
ルンガ岬
ヘンダーソン飛行場
ルンガ川
ベチカマ
ムカデ高地
アウステン山
410
テナル教会学校

ガ島上陸直後、一木支隊の前進

ガダルカナル島のジャングル（左下の兵士と比較されたい）

同時に巡洋艦三隻、駆逐艦十三隻も緊急輸送を敢行する。
十月十九日夜　駆逐艦六隻による弾薬食料輸送は、月明により激しい空襲をうけ失敗。
十月二十四日夜から二十五日夜にかけて、第二師団の飛行場総攻撃は失敗。
十一月十日夜　駆逐艦五隻により第三十八師団（佐野中将）の一部兵員、物資揚陸。
十一月十三日夜　輸送船団十一隻による、第三十八師団主力の強行輸送は、敵の激しい砲爆撃により輸送船七隻沈没、残る四隻は「ガ」島西北部海岸に擱座炎上、兵員二千名のほか、物資揚陸は僅少。また海上戦により、戦艦二隻、重巡一隻、駆逐艦三隻を失う。
その後は、駆逐艦によるドラム缶輸送や潜水艦による物資輸送が続けられたが、大本営の「ガ」島奪回の方針は変わらず、第十七軍の惨憺《さんたん》たる飢餓の戦いが続く。
十二月三十一日　大本営は御前会議において、ついに「ガ」島の兵力撤収の方針決定。
昭和十八年一月十四日　兵力撤収準備のため、歩兵一ヶ大隊「ガ」島上陸。
二月上旬　三次にわたる撤収作戦が連合艦隊支援のもと強行され、兵員撤収に成功。

## 二、「ガ」島上陸

昭和十七年十月十四日、第二師団将兵を搭載し、私たち船舶工兵第三連隊（小笠原中佐）第一中隊（緒方中尉）が分乗した六隻の高速輸送船団は、戦艦「金剛」「榛名」以下連合艦隊の強力な援護のもと、夜おそくガダルカナル島タサファロング海岸に到着した。

各船は、高射砲や高射機関銃で武装し、大発動艇を数隻ずつ搭載していたので、到着と同時に舟艇を降ろし揚陸を開始する。

この附近は急深海岸なので、輸送船は陸地に近く投錨することが出来た。兵員、武器弾薬、食糧等と揚陸作業は順調に進んだが、夜が明ける頃から敵機の爆撃、機銃掃射がはげしくなった。

私たちの大発は輸送船と海岸の間を何度も往復して揚陸作業を続けていたが、ちょうど戦車を搭載したときのこと、揚陸地の方を見れば、何十機とも知れない機影、激しい銃爆撃、これを避けようと大きく旋回を試みたところ、数機編隊の敵機が追尾、激しい機銃掃射を受けてビックリ、思わず戦車の下にもぐり込む。

八時四十分頃、私たちが乗っていた笹子丸の船橋附近に被爆し炎上、続いて船尾の方からも黒煙が上がる、揚陸地附近にいた私たちの大発も、急いで本船乗員の救助に向かう。

笹子丸の船腹には、クレーンで吊り下げられたままの高射砲が、ブランブランとゆれていたのが何ともわびしい。

爆発音と黒煙に包まれながらも、搭載高射砲の射撃音が間断なく続く。大発を本船の船体に横づけにし、縄梯子を降りてくる乗員らを誘導して収容に努めたが、負傷者でロープにつかまり切れず、海中に転落する者も多く、そのうちの何人かは残念ながら助け上げる

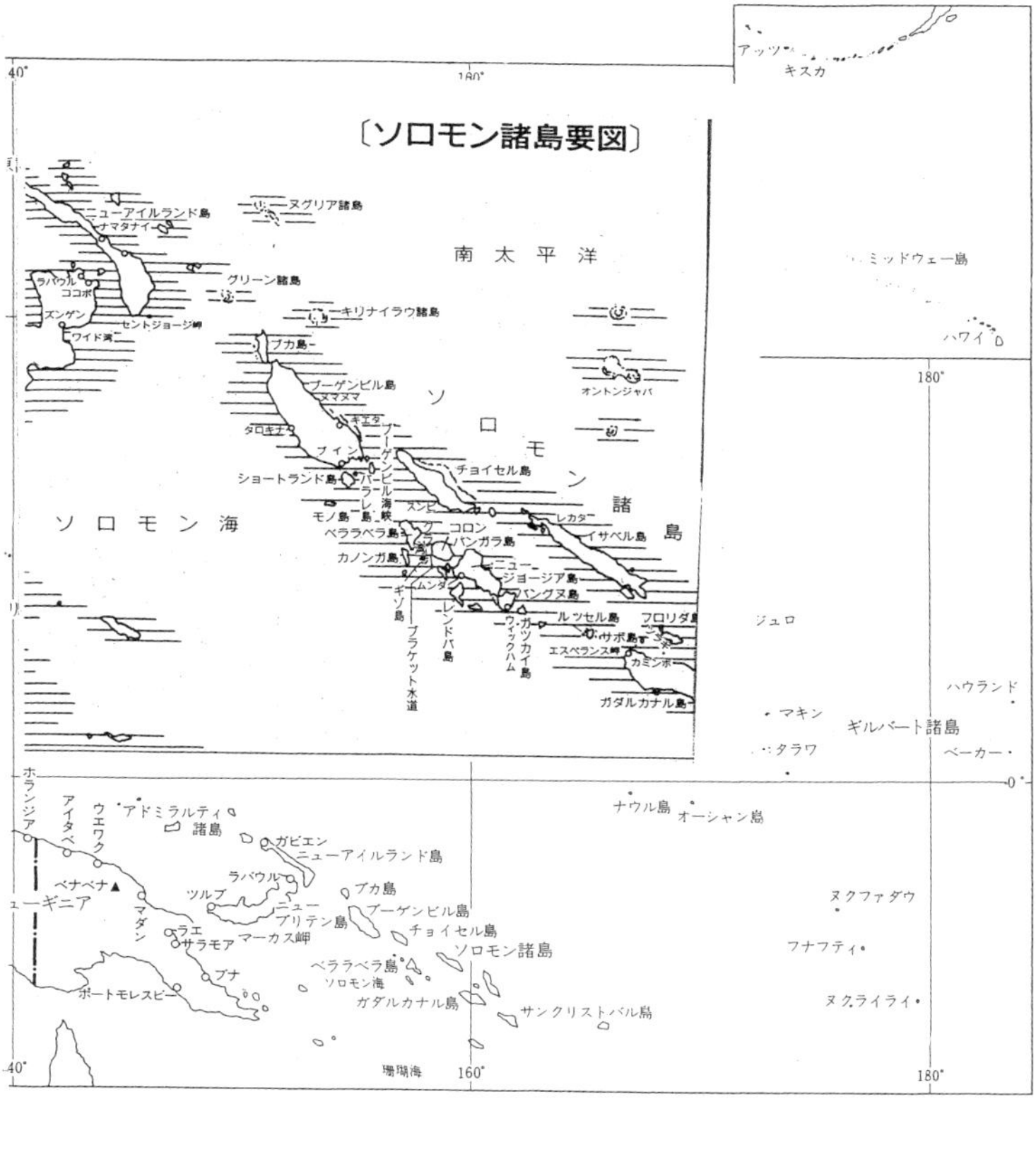
〔ソロモン諸島要図〕
南太平洋
ソロモン諸島
ソロモン海
ニューアイルランド島
ナマタナイ
ヌグリア諸島
ラバウル
ココポ
グリーン諸島
ズンゲン
セントジョージ岬
キリナイラウ諸島
ワイド湾
ブカ島
ブーゲンビル島
ヌマヌマ
キエタ
タロキナ
ブイン
ブーゲンビル海峡
オントンジャバ
チョイセル島
ショートランド島
バーラーレ島
モノ島
スンビ
ベララベラ島
クラ湾
コロン
バンガラ島
レカタ
イサベル島
カノンガ島
ニュージョージア島
ムンダ
バングヌ島
ギゾ島
ブラケット水道
レンドバ島
ウィックハム
ガッカイ島
ルッセル島
フロリダ島
サボ島
エスペランス岬
カミンボ
ガダルカナル島
アッツ
キスカ
ミッドウェー島
ハワイ
ジュロ
ハウランド
マキン
ギルバート諸島
タラワ
ベーカー
ナウル島
オーシャン島
ホランジア
アイタペ
ウエワク
アドミラルティ諸島
ガビエン
ニューアイルランド島
ラバウル
ツルブ
ニューブリテン島
ベナベナ
ニューギニア
マダン
ラエ
サラモア
マーカス岬
ブナ
ポートモレスビー
ブカ島
ブーゲンビル島
チョイセル島
ソロモン諸島
ベララベラ島
ソロモン海
ガダルカナル島
サンクリストバル島
ヌクファダウ
フナフティ
ヌクライライ
珊瑚海
140°
180°
160°
0°

ことが出来なかった。

こうした間にも本船の振動、爆発音は耳を聾《ろう》するばかり。「爆沈するぞ、早くはなれろ」という声を耳にしながらも、乗員の救出に無我夢中。

ようやく大発に収容した乗員を揚陸地点に降ろした時、一万トン級の優秀船笹子丸は、大爆音とともに船首を直上にし、そのまま飲み込まれるようにして轟沈、ホンの一瞬のことであった。本船船橋で作戦指揮中のわが小笠原連隊長ほか連隊本部員、輸送船乗組員ら多数が船と運命を共にした。

この日の揚陸を早く終わった南海丸ら三隻は、護衛艦隊の援護によりこの海域から無事離脱、九時四十分頃より敵重爆撃機B17型機来襲、船団と駆逐艦をねらう。九時五十分、吾妻山丸が被爆炎上し爆沈、ついで九州丸も被爆し擱座炎上する。

揚陸作業が終わって敵の激しい攻撃は止んだが、各舟艇の損傷が大きく、ほとんど使いものにはならない。機銃掃射で穴だらけになり修理できないものは、止む得えず海岸に放置、応急修理できるものは回航し、椰子林に秘匿する。

戦史によると、ガ島の揚陸地点タサファロング岬は、上陸には最適であり爾後の前進も容易であったが、敵の襲撃を避ける好適な舟艇秘匿場所がない。

また西方約三十キロにあるカミンボ湾は、陸軍舟艇隊等も駐屯し、対空陣地も強化されつつあったので、揚陸地点には適しているが、陸路は悪路曲折し河川の障害あり、そのうえ海岸に暴露して運搬に適せず、爾後の前進に時間を要するので、大発でタサファロングに回航する必要があった。このため揚陸地点にタファロング岬が選ばれ、夜になって損傷を免《まぬか》れた舟艇は、カミンボ湾に回航し秘匿した。

夜になって揚陸地から少し離れたジャングルに入り、山の斜面にゴロ寝する。疲れていたので朝までグッスリ。

翌朝、敵機の海岸線機銃掃射の騒音で眼がさめる。敵機の爆撃や機銃掃射により、揚陸物資の集積所にも大きな損害が出る。

## 三、物資の担送

前線部隊の弾薬や食糧が欠乏しているので、物資の輸送が急務であったが車輌がなく、また昼間は舟艇を使うことも出来ないので、さっそく担送することになる。

木箱に入った弾薬、カマス袋に入った米、ブリキ缶入りの乾燥野菜や調味料、医薬品など三十キロ前後の荷物が、かつぎなれない肩や背中にやけに重い。海岸沿いの椰子林からジャングルへ一列縦隊になって進み、たびたび艦砲射撃や機銃掃射をうける。いたるところに砲弾でえぐられた大穴があり、艦砲射撃のすさまじさを思い知らされる。

軍需物資の担送は毎日続けられ、私たちの食糧は定量の二分の一以下に制限される。

マラリア熱には、フィリッピン、ジャワ等を経由する間に、ほとんど全員がかかっており、蚊が媒介するものだけに始末が悪い。まず激しい悪寒に始まり、四十度をこえる高熱にうなされる。しかし四、五時間もすると、まるでウソのように高熱は治まる。このような症状は定期的にあらわれ、食糧不足とともに次第に体力を損《そこ》なっていく。

十月下旬に入り、飛行場攻撃の日が近いというので、いつものように物資を背負い、また鎌やナタ、スコップなどを持って椰子林からジャングルへ、しばらくは人一人通れるくらいに切り開かれた小道は、しばらくして行き止まる、密生する巨木の中、からみつく蔦《つた》かずら、びっしり刺《とげ》のある草木の藪が、先頭を行く啓開作業員を手こずらせる。やがて低地に降りて日が暮れる。

どこまで来たのか、まったく位置がわからない。うす暗い大木の下で野営することになり、やがてドシャ降りの雨となる。

十時をすぎる頃、にわかに前方から砲声がとどろき、次第に激しくなる。ピューン、ピューンと砲弾が頭上をかすめる。どうやら私たちは、敵と味方の間に紛れ込んだらしいが、周辺に人の気配はまったく感じられない。砲声は夜おそくまで続いた。

戦史によると、当時前線部隊より海図（英国製で海岸線と河口だけ記入の地図）以外のくわしい地図を求められた部隊長は、「ナーニ相手はヤンキーだ。一週間もあれば片がつくさ」といって相手にしなかったとか、食糧不足を訴えられて、「飛行場を占領したら、あとは米軍給与だ」と応えたとか、また飛行場砲撃にあたっては、施設を絶対破壊しないよう命令されたとか、敵の戦力を甘くみて充分な準備をしないまま攻撃作戦は進められた。

攻撃部隊の主力は、防備の堅い海岸道を避け、背後から攻撃する迂回作戦をとって磁石をたよりに山岳部のジャングルを直線的に啓開して進んだため、地形がわからず、谷から崖へと起伏の多い進路に手こずり、砲や重機は分解しないと進めない。

重機関銃は、銃身と脚に分解すればそれぞれ二十七キロから二十八キロだが、軽迫撃砲では砲身三十四・二キロ、砲架四十八・五キロ、山砲に至っては砲身九十・八キロ、砲架九十三キロ、これで山岳道を移動するのは容易ではない。

攻撃予定日までに、集合地点に進出できないため、総攻撃予定日が一日おくれ、またおくれる。そのような第一線部隊の状況は、上層部に報告しても聞いてもらえず、作戦途中で指揮官を更迭されてまたおくれる。

一方、陸上部隊に呼応して海から総攻撃を企画していた連合艦隊は、作戦途中で急に日程を変更されると、他の作戦計画にも大きな支障が出る。陸上部隊の攻撃態勢のおくれが、陸・海共同作戦遂行に大きな影響をもたらした。

こうした事情から、陸上部隊は攻撃態勢が整わず火砲などの援護のないまま、しばしば肉弾攻撃をくり返し、大きな損害を出すことになった。

この頃、第十七軍幕僚陣強化のため、作戦の神様といわれた大本営作戦参謀辻政信中佐らが派遣され、現地指導にあたっていたが、態勢の立て直しは容易ではなかった。

十一月に入って第一線部隊の食糧は極度に不足し、病人を後送するにも、食糧を運ぶにも赴く兵員がいない。

一方、私たちの部隊では、夜陰にまぎれて駆逐艦で運ばれて来るドラム缶入りの物資や、潜水艦で運ばれて来る僅かな食糧を、残り少ない舟艇をくり出して回収し、やせ衰えた体力に鞭うって毎日のように担送作業を続けた。

戦史によると、艦艇による物資補給のたびに、舟艇を搭載または曳航して補給するも、十一月に入って、大、小発の損耗が予想外に大きく、毎日平均五隻ずつ敵機の銃爆撃により破壊される状況であった。

## 四、後方転進

十一月半ばをすぎる頃、後方に転進するから集まれとの命令が出たが、元気で活動中の大、小発乗組員は残されたので、心を残しながらも海岸に集合し、大発に分乗、待機する。

夜九時頃、駆逐艦入港、かすかな灯火を合図に駆逐艦に到着、艦の舷側がやけに高く感じられ、ふらつく体を押し上げてもらった記憶が今も生々しく、久しぶりに見る夜空に南十字星が美しく輝いていたのがわすれられない。

ラバウルから「ガ」島までは約九百キロ、そのうち「ガ」島寄りの約二百五十キロの海域は、昼間敵機の空襲の激しい危険区域、このため駆逐艦の最大速力で夜陰のうちに通り抜け、日の出前にこの海域から離脱するには兵員収容は、せいぜい二時間ですまさねばならなかった。

幸いにも、私たちは駆逐艦に乗船できたが、一緒に転進予定の戦友の何人かは限られた時間内に乗船できず、とり残されてしまい、翌年二月の最後の撤収まで遂に転進の機会は訪れなかった。

乗船した私たちは、狭いながらもきれいに整頓された兵員室にすし詰めにされ、激しい振動と轟音に包まれながら、全速力で危険区域を離脱し、無事ラバウルに帰着した。

私たちはここで、体力の回復をはかりながら、しばらく待機することになった。

この時の転進については、戦史にその記録が見当たらず、第十七軍発表の記録の中に、二月の撤退作戦前の引揚患者七百四十名とあるのみ。

十二月になって「ガ」島の第二師団では、一日平均死者四十名、主として栄養不足とマラリアによるもので、食糧は標準食の四分の一から六分の一、副食なしとの記録がある。

この頃、第三十八師団、歩兵第百二十四連隊所属の小尾少尉の当時の日記によると、けさもまた数名が昇天する。ゴロゴロ転がっている屍体にハエがぶんぶんたかっている。どうやらおれたちは人間の肉体の限界まで来たらしい。生き残ったものは全員顔が土色で、頭の毛は赤子のウブ毛のように薄くぼやぼやになって来た。黒髪がウブ毛に、いつ変わったのだろう。体内にはもうウブ毛しか生える力が、養分がなくなったらしい。やせる型の人間は骨までやせ、肥える型の人間はブヨブヨにふくらむだけ。歯でさえも金冠や充塡物がはずれてしまったのを見ると、ボロボロに腐ってきたらしい。歯も生きていることを始めて知った。

このころ、アウステン山に不思議な生命判断が流行《はや》り出した。限界に近づいた肉体の生命の日数を統計の結果から、次のようにわけたのである。この非科学的、非人道的な生命判断は、決してはずれなかった。

立つことの出来る人は、寿命三十日間
身体を起こして座れる人は三週間
寝たきり起きられない人は一週間
寝たまま小便をする人は三日間
ものを言わなくなった者は二日間
またたきしなくなった者は明日

ああ人生わずか五十年という言葉があるのに、おれはとしわずかに二十二歳で終わるのであろうか。（十二月二十七日）

昭和も十八年になった。だが、おれには昭和十八年は、なん日ある生命であろう。生き残りの将兵全員に、最後の食糧が分配された。乾パン二粒と、コンペイ糖一粒だけ、全員、北方を望んで祖国の空をあほぎながら拝んでたべた。（一月一日）

敵の作業兵が、歩兵に掩護せられながら、おれたちの陣地を四方から取りかこんで、グルグル巻きに障害物を張りめぐらしている。防禦しているものを、さらに防禦する不思議な戦法が米軍にあるらしい。動けもしない守備兵が、それほどこわいのであろうか。

アウステン山の守備兵は、腐木のように動かない。屍体は足の踏み場もない。生きている者と、死んでいる者と、それから腐った者と、白骨になった者が枕を並べて寝たまま動かないのだ。不思議に屍臭さえにおわない。おれ自身腐臭ふんぷんとしているのであろうか。（一月三日）

一月上旬における敵軍の状況は、

主力部隊　三ヶ師団　約五万名

野砲、山砲　七〇　　迫撃砲　三〇〇

飛行機常駐　百余機

輸送船は一日平均四隻入港、物資揚陸

## 五、撤収作戦

一月十四日、撤収作戦準備のため、矢野少佐指揮の歩兵一ヶ大隊九百名「ガ」島上陸、またこの作戦の舟艇部隊指揮官には、我が船舶工兵第三連隊長松山中佐（小笠原中佐戦死のため、その後任）が任命され準備をすすめる。

二月一日夜、駆逐艦二十二隻により第一次撤収を開始する。撤収にあたって、次のとおり軍命令が出された。

「自今単独行動不能の者は自決せよ。その時点において戦死と認める」

撤収にあたり、我が船舶工兵残留部隊にも衰弱のため歩行できない者がかなりおり、それぞれに自決用手榴弾が手渡されたが、生き恥をさらすよりは死を選びたいとの本人の希望で、自決の手助けをするはめになり、何ともやりきれない思いだったとのことである。

二月四日夜、駆逐艦十九隻により第二次撤収を実施、第十七軍司令部、第二師団司令部等が乗船、二十三時すぎ「ガ」島をはなれる。

二月七日夜、駆逐艦十隻により第三次撤収を実施、敵に撤収の動向を察知されないよう対応に苦心する。最後の残留者約二千名を収容、艦の両側より縄梯子を下げ乗艦終了後、各舟艇は底栓を抜き沈める。二十二時二十分、三十ノット（約五十五キロ）の速力で、ブーゲンビル島エレベンタに向かう。

以上で「ガ」島作戦は終わった。今回の撤収総人員は一万六百五十二名。

ところで軍司令部では、ガ島の撤退作戦は第一次は成功するかも知れないが、第二次、第三次は極めて困難と予想していた。

そのため、一つの方策として舟艇機動による撤収を計画、その計画によると撤収部隊はガ島北端カミンボに集結、ラッセル諸島の北端バイシー島（距離約七十~八十キロ）へ向かう。使用大発十五隻、船舶工兵隊員百三十名。

しかし、舟艇部隊隊長松山中佐（船舶工兵第三連隊長）の意見では、船舶工兵隊員は補充兵が多く、技術未熟のため覚束なく、特に敵魚雷艇や駆逐艦が横行し、風向、潮流の関係もあり、無防備の舟艇で乗り切ることはほとんど不可能に近いとのことであった。

一方、これまでガ島支援物資を駆逐艦や潜水艦で輸送していた海軍では、十七年十月下旬より、十八年一月中旬までのわずか三ヶ月間に、駆逐艦延べ六十七隻が参加し、十一月三十日「高波」沈没、十二月十一日「照月」沈没等を含め、駆逐艦十数隻が戦列を離れ、また十二月に入って伊号潜水艦一隻を失っている。

当時、国内での駆逐艦製造能力は、年間約十隻という状況からみても、戦力としての艦艇が如何に貴重な存在であったことか。こうした事情から第二次撤退後、後衛軍指揮官松田大佐（歩兵第二十八連隊長）や残留していた軍参謀より、上層部へ第三次駆逐艦輸送の重要性をのべて再三要請電は打ったものの、駆逐艦輸送の期待は極めて悲観的であった。「実際誰が考えても、この弱り切った役にたたない二千名を救うより、駆逐艦一隻を失わない方が戦力としてどんなに大切であるかはかり知れない」（二月五日付松田日記）との思いがあった。

次に、この疲れきった第十七軍将兵が、一月下旬撤退行動を起こし、二月七日最後の撤収部隊がガ島を離れるまでの間、もし米軍が積極的な猛追撃を実施していたならば、当時の両軍の戦力差からみて、日本軍が潰滅的打撃をうけたであろうことは、誰しも異論のないところである。

では、なぜ米軍は積極的追撃をしなかったのか。米陸軍公刊戦史によると、二月の第一週までに日本側が大規模なガ島奪回作戦を開始すると米軍部隊は予測、当時ラバウル、ブイン地区に海軍部隊を集結中との情報があり、また日本機の来襲が激化しつつあった。ハルゼー大将麾下《きか》の連合艦隊は、前年十一月以来兵力を増強し、日本側の主力攻撃を予期して、戦艦七隻、航空母艦五隻、巡洋艦ほか多数を、ガ島南側海面に展開し、日本軍は戦艦五隻、航空母艦二隻、巡洋艦八隻、駆逐艦二十八隻、輸送艦十一隻、基地航空機三百機、その他をもって攻撃に出ると見積りを立てた。

しかし連合軍情報部は、敵の企画の判断を誤っていた。日本軍の陽動作戦と米軍の戦略見積り誤判が、進撃を慎重にして作戦目標を完遂出来なかったと、米公刊戦史も認めている。

「ガ」島撤収の傷病兵は、軍命令により台湾またはフィリッピンの陸海軍病院などに移送され、「ガ」島惨敗の情報がもれないよう一般傷病兵とは完全に隔離されたが、病院での待遇は悪くなかったとのことである。

なお昭和十七年八月初め、米軍上陸時の第一海兵師団長の回想によると、

「七月四日上陸以来日本軍は、短期間のうちに陣地を充実したのには感心した。大きな半永久的兵舎、櫛形埠頭、橋梁、機械工場、大きな無線電信所二ヶ所、製氷装置、大規模な永久的電力装置、魚雷用の精巧な空気圧搾装置、ほとんど完成した格納庫付き飛行場、爆風避け、滑走路等」

当時民間人で軍属の飛行場設営隊員二千五百七十名は、乏しい資材にもかかわらず、突貫工事により一期工事を完了したばかりであった。

ガ島攻防戦における我が軍の損害などは、陸海軍の発表がまちまちで、全容が明らかではないが、第十七軍の資料によると、

| | |
|---|---|
| 戦死者 | 一二、五〇七名 |
| 戦傷死者 | 一、九三一名 |
| 戦病死者 | 四、二〇三名 |
| 行方不明 | 二、四九七名 |

合　計　　　　二一、一三八名
撤収人員　　　一一、三九二名
参加総人員　三二、五三〇名
である。なお戦病死者は、熱帯性マラリア、下痢、栄養失調、脚気等。
海軍の損害、ことにこの海域での海上戦、航空戦での人的、物的損害は大なるも、詳細は不明である。
なお、米陸軍公刊戦史によると、
参加人員　六〇、〇〇〇名
戦　死　　一、〇〇〇名
負傷者　　四、二四五名
また、十一月当時、第一海兵師団の上陸以来の損害は、一〇、六三五名で、一四七二名が戦闘による損耗、五七四九名がマラリアのため戦闘不能で、十一月中だけでもマラリアで入院した者は、三二八三名であった。このため海兵師団は十二月末までに全員ガ島を撤退し、第二海兵師団と交替したとある。当時わが軍がマラリアに悩まされていたように、米軍にも確かな予防策はなかったものと考えられる。
想うにガ島をめぐる攻防戦は、三万余の将兵を投入しながら、物資の補給を絶たれ、ガダルカナル島を餓島と化し、第一線将兵は飢餓に堪え、病に冒され、満身創痍のまま実行した作戦であった。

後に我が船舶工兵第三連隊には、第十七軍司令官百武晴吉中将より、上聞に達する（天皇の耳に届く）感状が授与された。

南海の孤島に無念の死を遂げた多くの戦没者のご冥福を、心よりお祈りする次第である。

なお、平成十五年七月一日付読売新聞記事によると、ガダルカナル島は独立して、ソロモン諸島となり、首都はガダルカナル島ホニアラ、人口四十六万なるも政情不安とのこと。ただただ平和を祈るばかりである。

# 感状寫

松山部隊（舊小笠原部隊）

右ハ「ガダルカナル」島作戰ニ從ヒ作戰初期聯隊ノ一部ハ一木支隊及川口支隊ノ上陸作戰ニ協力シ或ハ孤軍長驅シテ神速ナル揚陸ニ任シ或ハ長遠ナル舟艇機動ニ依リ困難ナル輸送ヲ敢行シ克ク作戰上ノ要求ヲ充足セリ

十月中旬決行セラレタル大輸送船團ノ強行上陸ニ方リテハ聯隊長小笠原中佐ノ沈着適切ナル指揮下優勢ナル敵飛行機ノ銃爆擊ヲ冒シ炎上スル輸送船ノ揚陸作業ヲ繼續シ勇戰奮斗至難ナル上陸ヲ完遂セリ

翌昭和十八年二月初頭軍ノ撤收作戰ニ方リテハ聯隊長松山中佐ノ指揮ノ下急迫至難ナル状況ニ處シテ動ゼズ

崇高ナル犠牲的精神ヲ發揮シテ最後ノ一兵ヲモ剰スコトナク艦艇搭乗ヲ完了セシメ該作戰ノ完遂ニ貢献セシコト甚大ナリ

是實ニ敵ノ航空基地ヲ有スル島嶼ニ對シ實施セラレタル上陸作戰遂行ニ方リ従來嘗テ見ザル幾多ノ困難ヲ克服シ多大ノ危険ト犠牲トニ屈セズ旺盛ナル責任観念及烈々タル攻撃精神ヲ以テ至難ナル任務ヲ達成シ遺憾ナク船舶工兵ノ本領ヲ發揮スルモノニシテ其ノ武功抜群ナリ

仍テ茲ニ感状ヲ授與ス

昭和十八年二月十二日

沖集團長

註

松山部隊ー船舶工兵第三連隊

沖集団長ー第十七軍司令官　百武晴吉中将

# 第十七軍のガ島戦損耗状況

<table>
<tr><th>部隊名</th><th>ガ島上陸人員(A)</th><th>ケ号撤収人員(B)</th><th>A－B</th><th>戦死</th><th>戦傷死</th><th>戦病死</th><th>行方不明</th></tr>
<tr><td>軍司令部</td><td>一九二</td><td>一四二</td><td>五〇</td><td>一七</td><td>一</td><td></td><td></td></tr>
<tr><td>第二師団</td><td>一〇、三一八</td><td>二、六四七</td><td>七、六七一</td><td>二、三三四</td><td>一、一七九</td><td>二、五五一</td><td>一、一三一</td></tr>
<tr><td>第三十八師団</td><td>七、六四六</td><td>二、四七三</td><td>五、一七三</td><td>四、五六二</td><td>一八六</td><td>一三六</td><td>一一九</td></tr>
<tr><td>歩兵第三十五旅団</td><td>三、五四五</td><td>六一八</td><td>二、九二七</td><td rowspan="4">四、八八六</td><td rowspan="4">三九三</td><td rowspan="4">一、〇二七</td><td rowspan="4">一、一〇七</td></tr>
<tr><td>一木支隊</td><td>二、一〇八</td><td>二六四</td><td>一、八四四</td></tr>
<tr><td>軍直轄部隊</td><td>四、二四八</td><td>一、六六六</td><td>二、五八二</td></tr>
<tr><td>兵站部隊</td><td>八一五</td><td>四八〇</td><td>三三五</td></tr>
<tr><td>陸軍計（除船舶）</td><td>二八、八七二</td><td>八、二九〇</td><td>二〇、五八二</td><td></td><td></td><td></td><td></td></tr>
<tr><td>船舶部隊</td><td>二、四八六<br>（船員三一八）</td><td>一、五二七</td><td></td><td>七二三<br>（〃三〇七）</td><td>一七二<br>（〃三六）</td><td>四八五</td><td></td></tr>
<tr><td>海軍部隊</td><td></td><td>八四八</td><td></td><td></td><td></td><td></td><td></td></tr>
<tr><td rowspan="2">総計</td><td rowspan="2">三一、三五八<br>（三一八）</td><td rowspan="2">一〇、六六五</td><td rowspan="2"></td><td>二二、五〇七<br>（船員三二三）</td><td>一、九三一<br>（軍属三六）</td><td>四、二〇三</td><td>二、四九七<br>（七）</td></tr>
<tr><td colspan="4">二一、一三八</td></tr>
</table>

注　数字の合計等は必ずしも一致しないが、修正を加えることなく原本のまま記した。

# 三――ラバウルよりセブ島へ

## 一、ラバウル

昭和十七年十一月、飢えとマラリアにさいなまれながら、激闘の続くガダルカナル島から転進したわが船舶工兵第三連隊第一中隊では、傷病兵は野戦病院などに移送し、私たちはラバウル南崎に宿営することになった。

ニューブリテン島北東部に位置するラバウルは、周囲を山に囲まれ、かなりの広さをもつ湾内は、水深も深い天然の良港で、唯一の出入口は南東部にあり、せまい湾口には常時駆潜艇が交替で、警備についていた。

当時ラバウルは、第八方面軍司令部や、南東方面艦隊司令部が所在する重要な作戦基地で、湾内には海軍艦艇や輸送船の出入も多く、常時多数の艦船が停泊していた。また、東側の山裾には飛行場もあって活気に満ち、昼間の空爆はほとんどなかったものの、夜になると毎夜のように、ボーイング17型機などの大型重爆撃機が来襲して、爆弾を投下、これを迎え撃つ我が高射砲の砲声が延々と轟き、それらの破片が椰子の木立をかすめる。私たちは幕舎の中に寝ころがったまま爆撃音や砲声を、子守唄のように聞かされたものである。

人の話によると、わが軍の高射砲弾が改良され、一定の高さまで飛ぶと親弾が破裂して、無数の子弾になり命中率が一段と向上、一方、敵機にとっては低空からの爆撃が難しくなり、高空から爆撃するため、目標地点への命中率が悪くなったとのこと。

私たちの南崎宿営地は、湾出入口に近く、警備の駆潜艇がいま見えるくらいの場所であった。ここでは、元気な者が交替で湾内の基地から、湾外南東に続くココボ方面に舟艇による人員や物資の輸送を担当することになった。

ココボには、野戦病院や各部隊宿営地が平坦な緑の中に広がり、閑静な風景が見られた。この方面への輸送品は、医薬品や食料品などが多かったようである。

ガダルカナル島最後の撤退作戦に参加し、これを指揮したわが船舶工兵第三連隊長松山中佐ら作戦参加部隊が、ラバウルに引き上げて来たのは、昭和十八年二月中旬のことで、一足さきに引き上げていた私たちの部隊と合流した。ついで消耗した戦力、体力を再建するため、フィリッピン群島セブ島に転進を命ぜられたのは同年三月下旬のことである。

ラバウル南崎宿営地、連隊長幕舎。船舶工兵第三連隊長松山作二中佐

## 二、僚船轟沈

私たちは新たに支給された大発動艇や小発動艇とともに、数隻の輸送船に分乗してラバウル港を後にした。護衛するのは駆逐艦や駆潜艇二、三隻。当時はまだ、この方面海域の制空権はわが方にあり、空から攻撃される不安はほとんどなく、時折出没する敵潜水艦からの魚雷攻撃が、唯一の脅威であった。

そのため航行中は、対潜監視が一番重要な仕事になるが、常時監視するのは輸送船乗組員だけでは大変なので、海に慣れた私たち船舶工兵隊員が、いつもかり出されて対潜監視にあたった。

ラバウルを出港して何日か過ぎたある日のこと、順番で私も午前三時頃から救命胴衣を身につけ、輸送船乗組員とともに左後方の監視哨に立った。本船の左方と後方が私の担当する監視範囲で、まだうす暗い海面にも徐々に眼がなれてくる。

潜水艦からの攻撃は、明け方と夕方が多いといわれ、一番緊張する時間帯である。すぐ後ろに続く船影は、忘れもしない黒姫丸で、私たちの乗船と同じくらいの七、八千トンクラスだろうか。従軍慰安婦が乗っているとの噂もあったが、星あかりの中にただボンヤリと見えるだけ。

暗闇の中の対潜監視は、人と話し込むことも出来ない孤独で退屈な時間である。後方には南十字星が高く輝き、しっかり頑張れ、死ぬんじゃないぞと励ましてくれる。また、はるか前方には祖国につながる暗い海があり、父母らの面影が一瞬、脳裡をかすめる。

やがて交替の時間が来て、船倉に降り、割り当てられた桟敷に横になって間もなく、「ドドーン」と腸《はらわた》を突き上げるような重くるしい音。つづいて本船のけたたましい「ドラ」の音が、「ボー、ボー」となりひびく。「魚雷だー」と急に船内が騒々しくなり、急いで枕にしていた救命胴衣を身につけ、甲板に向かって木造階段をかけ登る。

外はようやく明けようとしており、かけ集まって来た兵員で甲板上は一ぱい。「黒姫丸がやられた」との声。聞けば左前方から直進してきた魚雷を、本船はうまくかわしたが、後続の黒姫丸はまともにくらって轟沈。

あの爆発音からわずか二、三分くらいか、黒姫丸の船影はかき消すようになくなり、後につづく輸送船が船足を早めて迫ってくる。警護の駆潜艇が高速で右往左往する。乗船者は全員死亡か、助かる手段はなかったのだろうか。生と死は一瞬の差なのだろうか。私たちはただ茫然として、黒姫丸乗船者一同の冥福を祈るばかりであった。

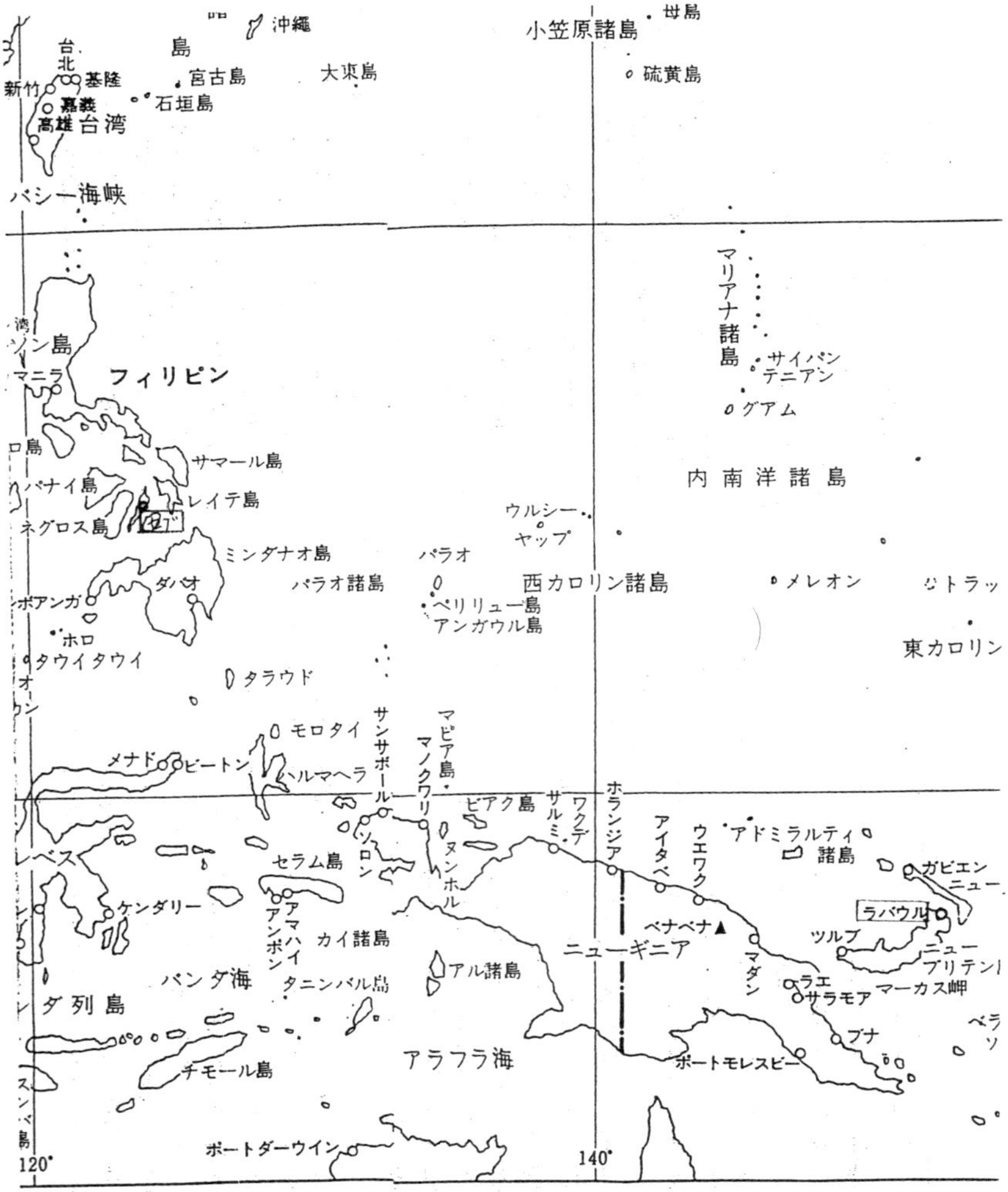
沖縄
小笠原諸島
母島
台北
基隆
新竹
嘉義
高雄
台湾
宮古島
石垣島
大東島
硫黄島
バシー海峡
マリアナ諸島
サイパン
テニアン
グアム
フィリピン
マニラ
サマール島
パナイ島
レイテ島
ネグロス島
ミンダナオ島
ダバオ
ボアンガ
ホロ
タウイタウイ
内南洋諸島
ウルシー
ヤップ
パラオ
パラオ諸島
ペリリュー島
アンガウル島
西カロリン諸島
メレオン
東カロリン
タラウド
モロタイ
メナド
ビートン
ハルマヘラ
サンサポール
マピア島
マノクワリ
ビアク島
サルミ
ワクデ
ホランジア
アイタペ
ウエワク
アドミラルティ諸島
ガビエン
ラバウル
ツルブ
ニューブリテン
マーカス岬
ソロン
ヌンホル
セラム島
ケンダリー
アンボン
アマハイ
カイ諸島
ニューギニア
ベナベナ
マダン
ラエ
サラモア
ブナ
ポートモレスビー
アル諸島
タニンバル島
バンダ海
アラフラ海
チモール島
ポートダーウイン
120°
140°

# 三、セブ島

何日かたって私たちは、セブ島に近い船舶基地に到着した。ここで輸送船搭載の大、小発動艇を降ろして分乗し、艇隊を組んでセブ島に向かう。この附近は小島が多く水路も浅いため、大型船の運行が出来ないらしく、船舶基地からセブ島までかなりの時間を、舟艇機動することになった。

島では海岸に面した宿営地に連隊本部、第一中隊、材料廠などが入り、せまい水路を隔てた対岸の小島に、第三中隊が宿営することになった。

その頃、台湾で現地召集をうけた補充要員が、高雄港を出港間もなく、敵潜水艦の魚雷攻撃をうけて輸送船が沈没、全員海に投げ出されて漂流中を僚船に救助され、着の身着のままで私たちの部隊に到着した。

命びろいしたとはいえ、入隊後間もなく非情な試練を体験、精神的打撃も大きかったに違いない。私たちはこの新しい仲間たちを大歓迎して迎え入れたが、その後、終戦になるまで私たちの部隊に補充要員を迎えることは、これが最後となった。

ここでの楽しみは週一回の外出日、大した変わりばえもしない田舎町に出て、あちこち見てまわり、日本人の口に合うような酒やビールはないので、仕方なく度の強い地元産のウィスキーを飲むのが唯一の息抜き。また煙草は普通の民家で勝手に紙巻煙草を造っていたようで質も悪く、日本製の煙草は地元のひとたちの間でも至って評判が良かったようである。

戦後五十年もたって観光のためこの地を訪れたが、観光ルートを外れているためか、当時の地形や情景を偲《しの》ばせるものは、何も見出すことができなかった。

しばらくして、軍旗祭が行なわれることになった。軍旗は連隊編成のとき天皇陛下から授与されるもので、連隊の象徴として命をかけて大切にされる。

船舶工兵第三連隊と改称されたのは、昭和十七年七月十一日、その前身の独立工兵第二十八連隊が編成されたのは、昭和十五年十二月二十八日で、いつ軍旗が授与されたのかわからないし、また軍旗があったとしても、昭和十七年十月十四日、ガダルカナル島上陸作戦の際、笹子丸船上で小笠原連隊長とともに私たちの眼の前で轟沈しているので、軍旗だけ残っているはずもない。

ともあれ、六月に入って吉日を定めて軍旗祭の準備が始まった。今にして思えば、たまたま内地からの慰問団が来るので、その日程にあわせて軍旗祭という名目をつけ、演芸会をもり上げる趣向だったのかも知れない。

当日は海岸に全舟艇を集めて観閲式が行なわれ、午後からは自由時間として普段なかなか口に入らないような食べ物、菓子類、酒類などがふるまわれた。また演芸会会場には、内地からやって来た陣中慰問団の一行が出演、この中には、当時著名な美男俳優沢田清や女優、歌手、バンドなど久しぶりにふるさとの雰囲気にふれることができ、また飛び入りには常連の音痴な歌声も入り、にぎやかな一日となった。

この日、対岸に宿営の第三中隊員名簿を見て、偶然、小学校時代の同級生池永五郎さんの名前を見つけ、お互いの健康を祝し合うことが出来たのは、まさに奇遇であった。彼は台湾で警察官をしていて、現地召集をうけたとのことだったが、所属する中隊が違うばかりに、戦後帰国するまで二度と外地で顔をあわせることはなかった。

私たちは、新しい仲間を迎え、きびしい基礎訓練や舟艇操作訓練が毎日続けられた。大発の乗組員は、艇長を中心に艏手《おもてしゅ》二人のほか、艉手《ともしゅ》、舵手《だしゅ》、機関手、通信手ら合わせて六、七名、また小発は四、五名でいずれもチームワークが特に重要であった。

上陸作戦などで、大発に戦車や兵員を積んで陸岸に着ける時は、岸から百五十メートルくらいはなれた地点から、艉手は船尾備えつけの錨をおろす。この錨は船尾（小発は中央部）にエンジン連動の揚錨機から錨索で結ばれており、陸岸に乗り上げると、艏手二人は正面の歩道板を下げ、左右備えつけの錨綱をもって陸上に走り、錨を八の字状に土に打ち込んで舟艇を固定し、エンジンを前進にしたまま戦車や兵員を揚陸する。

また陸岸をはなれる時は、艏手は陸上に打ち込んだ錨をもって舟艇に帰り、歩道板を巻き上げる。同時に艉手は、揚錨機を操作して錨索を巻いて後退、速やかに陸岸をはなれる。

このような機能をもった日本の大発動艇は、当時世界に誇れるものであったようで、終戦までに約八千隻製造されたとのことである。

## 四、セブ島出発

昭和十八年八月三日、予定の日程を終え、ラバウルに向かって出発することになった。当日は、在役期間が長く満期除隊になる予定の五年兵の先輩たちが、うれしそうに岸壁上で手を振っていた姿が、今もなつかしく思い出される。後で聞くところによると、内地に帰れると喜んでいたのに、戦況が悪化しフィリッピンから移動することが出来ず、終《しま》いには、山中を逃げまわるような散々な目にあって、終戦を迎えたとのこと。

私たちは大、小発に分乗し、艇隊を組んでセブ島を出発、船舶基地に待機していた輸送船数隻に舟艇とともに乗船、他の移動部隊とともに基地を出発した。

航行中はいつものように交替で、対潜監視を続けながら単調な毎日が続く。赤道に近くなると、毎日きまったように午後、スコール（にわか雨）がやってくる。船では真水は貴重品なので、兵員は何日も入浴できない。しかし、私たち船舶工兵には舟艇があるので、甲板に固定された舟艇内に、シートを広げて雨水を受ければ、毎日のように水浴ができる。熱帯焼けした肌、汗ばむ身体をスコールで洗い流すことの出来るのは、船舶工兵隊員の特権であり、毎日の楽しみでもある。

私たちは調子に乗って、晴天の下、スコール雲を見ながら、石けんを身体に塗りたくってスコールを待つが、時には雨雲がそれてしまうこともある。そうなると大変、船尾の船員室に行って、海水をもらってきて洗い流すことになるが、石けんと海水の相性が悪いため、後味のわるいこと一通りではない。

赤道を少し過ぎたある日の午後、これまで順調に航行していた船団中の一隻がおくれ始めた。この海域は敵潜水艦の出没する危険海域なので、何事だろうと心配していたところ、機関故障で修理をしなければならないとのこと。

船団は対潜監視を強化しながら船足を止めて協議の結果、他の一隻がワイヤロープで曳航することになり、ロープを渡す作業が始まる。ようやくロープが渡され曳航が始まったので、ヤレヤレと思ったのも束の間、曳航するワイヤロープが切れて、故障船のスクリューに巻きついてしまったという。さあ大変だ、このワイヤを切り放さなければ、故障が直っても、スクリューが回らない。

そこでこのワイヤを切り放すことになり、輸送指揮官苦渋の選択の末、この危険な洋上作業を、わが連隊の材料廠長に協力要請した。材料廠は、舟艇や機材の整備補修が任務で、いろいろな技術を身につけた技術屋集団ではあるが、手持ちの工具だけで洋上でどれだけの作業が出来るだろうか。ハラハラしながらみんなが心配していたところ、木村上等兵ら二人が名乗り出ていよいよワイヤ切り放し作業が始まった。鉄鋼関連の技術経験者であるとはいえ、このような状況の中では、なかば死を覚悟しての行動だったに違いない。船団のみんなが固唾《かたず》をのんで見守る中、時間はどんどん過ぎて行く。故障船の機関修理は、部品の取り替えが必要で、かなりの時間がかかるという。護衛の駆潜艇が、気ぜわしく周囲をかけまわりながら警戒する。

船団指揮官は、非常の場合を考慮して、故障船の乗船者を他の船に移乗させ、故障船だけを残して出発することを決断する。私たちは故障船の修理や、ワイヤロープの切り放しが、早く終わるよう祈るとともに、勇気ある二人の戦友の行動に敬意を表しながら、その場を離れることになった。

ラバウルに入港するまでは何事もなく、八月二十四日ラバウルに到着。セブ島出港から二十日余もたっていた。後に残して来た故障船のことを心配していたところ、一日おくれて無事入港、みんな夢かとばかりに喜び、木村上等兵らの勇気ある行動に惜しみなき称賛の声が上がった。

ラバウルに全員がそろって間もなく、ブーゲンビル島エレベンタに移動を命ぜられ、九月八日、エレベンタに到着した。そして私たちの行く手には、コロンバンガラ島に孤立した将兵一万二千名救出のため、命運をかけての撤収作戦が待ちかまえていた。

# 四――コロンバンガラ島撤収作戦

## 一、概況

当時ブーゲンビル島エレベンタ地区には、第十七軍司令部（百武中将）や第八艦隊司令部（鮫島中将）があり、ラバウルの第八方面軍司令部（今村大将）、南東方面艦隊司令部（草鹿中将）の前線基地であった。

戦史によると、当時の前線の戦況は、概《おおむ》ね次のとおりであった。

昭和十八年六月三十日　ムンダの対岸レンドバ島に米海兵隊六千名が上陸し、日本軍守備隊百二十名を一蹴し、わがムンダ飛行場を占領するため、ニュージョージア島に舟艇機動を開始、南東支隊（佐々木少将）との間に激闘が始まった。

七月五日　歩兵一ヶ大隊上陸支援中の駆逐艦「天霧」は、敵魚雷艇の攻撃を受け応戦、魚雷艇に突っ込み、これを分断、沈没させた。この魚雷艇の艇長は、後のアメリカ大統領ジョン・F・ケネディ中尉で、艇員十一名は無人島に泳ぎつく。

七月九日　ニュージョージア島の戦闘を支援するため、コロンバンガラ島守備隊（第六師団第十三連隊主力）は、大発や折畳舟で上陸し応戦。

七月十二日　手薄になったコロンバンガラ島の防備を強化するため、歩兵一ヶ大隊と歩兵一ヶ中隊を緊急輸送中の軽巡一隻、駆逐艦七隻は、敵の軽巡三隻、駆逐艦十隻と遭遇、激しい砲撃戦、魚雷戦の末、敵駆逐艦一隻撃沈、軽巡三隻と駆逐艦二隻を大破、またわが軽巡「神通」は沈没するも兵員揚陸に成功。なお、この海域で行動中の伊号第一八〇号潜水艦が漂流中の「神通」乗組員を見つけ二十一名を救助。

八月四日　激闘が続いたニュージョージア島のムンダ飛行場が敵の手に落ちる。

八月六日　兵員千二百名をコロンバンガラ島に増派しようとした駆逐艦四隻は、ベラ湾上陸直前、レーダーによる魚雷攻撃をうけ、三隻沈没、一隻大破、陸海軍将兵千五百余名を失う。

八月十五日　南東支隊が苦戦のうちに後退しつつあったコロンバンガラ島の西ベララベラ島に敵上陸、これをむかえうった陸海軍部隊は、数日の戦闘でほぼ全滅。

このような戦況の中で死闘をくり返しながら、ニュージョージア島からアルンデル島、ついでコロンバンガラ島へと後退した陸海軍将兵一万二千余名は完全に孤立してしまった。

## 二、作戦準備

コロンバンガラ島撤収作戦は、九月初めに決定され各隊に下達された。全部隊の指揮は第八艦隊司令長官がとる。撤収部隊の主力は武装大発とし、陸海軍から百隻を集める。全舟艇を第二船舶団長芳村正義少将が指揮し、チョイセル島に撤収する。

転進計画

1　転進日時
第一次　九月二十八日夜
第二次　十月二日夜

2　輸送用舟艇
大発　八十隻
第一次に駆逐艦三隻を加え、患者及び直接ラバウルに向かう部隊を輸送する

3　乗船地区の区分
第一区　ジャック湾から太平浜間

第二区　追浦から北天岬間
第三区　桃の入江からウイルソン湾間

4　乗船区分（別表のとおり）

| 区分／乗船地 | 第一次 人員 | 第一次 艦艇 | 第二次 人員 | 第二次 艦艇 |
| --- | --- | --- | --- | --- |
| 第一区 | 一九八七 | 大　二五 | 一、九四九 | 大　二五 |
| 第二区 | 二三一九<br>二三五六 | 駆三、大一五<br>大　二五 | 一、五五九 | 大　一八 |
| 第三区 | 一〇〇〇 | 大　一〇 | 一、二六五 | 大　一三 |
| 計 | 七、六六二 | 駆三、大七五 | 四、七七三 | 大　五六 |

〔以上総計　人員一二、四三五名。舟艇（延）駆逐艦三、大発一三六。なお十八年二月のダガルカナル島からの撤収人員は約一〇、六五〇名であった〕

かくて、第二船舶団に所属する船舶工兵第二連隊（祝中佐）と私たち第三連隊、及び第二揚陸隊は、海軍大発部隊（種子島少佐）とともに大急ぎで作戦準備にとりかかった。

船舶工兵隊は通常、輸送船と海岸の間の短い距離の輸送が主任務で、火器は搭載していない。大発は長さ十五メートル、幅三・四メートル、自重十トン、満載排水量は二十二トン、六十馬力ディーゼルエンジン一基を備え、武装兵八十名を乗せて約八ノット（時速十四キロ）で航行できる。また船首の水面下は双胴で、歩道板を下げると戦車を搭載できる。ソロモン海域では、航空機や艦艇による直接援護が状況上困難なため、大発動艇を重装備することになった。

私たち第一中隊（前川中尉）は、ラバウルから到着したばかりであったが、作戦参加舟艇十隻を選定、直ちに武装化にかかる。私の乗り組んだ舟艇は、中隊長乗組の指揮艇で、口径五十七ミリ戦車砲を架を組んで中央に据えつけ、重機一丁、軽機二丁を装備、また補修用材料として木栓やボロ切れを準備する。

あとで聞くところによると、各隊とも搭載火器の選定には苦労した模様で、陸軍の三十七ミリ速射砲や、海軍の二十二ミリ二連装機関砲、また中国戦線から持ち込んだチェコスロバキア製機関銃が優れていたので、これを装備した舟艇もあったという。

出撃を前にして、第二船舶団長芳村少将は、出発地点に全員を集め、要旨次のような訓示を行なった。

「今回の作戦は極めて苛酷な状況の下、多数の命運をかけた重要な作戦である。諸君の一命は、私が預かる。一往復すれば殊勲乙、二往復出来れば殊勲甲。諸君の武運を祈る」

ついで全員冷酒で水盃を交わす。

## 三、第一次出撃

機動舟艇部隊は、九月十八日頃から数梯団に分かれて、ブーゲンビル島ブインを出発した。目的地はまずチョイセル島スンビである。ところが九月二十日、ベルラダ附近で先頭梯団が敵の空爆をうけて、その大部の大発約十隻が撃沈された。まことに幸先のわるい出来事であった。

私たちの舟艇部隊十隻も、二十二日頃、ブインを出発、チョイセル島スンビまで約二百キロを二夜かけて、島伝いに進む。

九月二十五日、全艇隊は指定基地に集結完了。暗夜の舟艇機動でいつも感心させられるのは、粗雑な海図と羅針盤だけで、小さな入江や川の位置を、うまく探しあてることである。

船舶工兵隊員には、船乗り出身者も多く、また夜間航行訓練も重ねていたが、予定のコースを外れることもあり、夜が明ける前に目的地に到着しないと、敵機の好餌になることが必定なので、ひやひやさせられたものである。私たちの舟艇秘匿地は、マングローブの張り出した入江の奥で、舟艇を木の下深く突っ込み、木を切って偽装する。

湿地帯のため上陸は出来ず、携行した小舟で敵哨戒機の合間をみて連絡を取りあった。

二十七日夕刻、いよいよチョイセル島基地からコロンバンガラ島への出撃の時がやって来た。各隊のコースは、中央のコロンバンガラ島北天岬に向かうコースが海軍種子島部隊、東コースのニュージョージア島寄りジャック湾方面が、船舶工兵第二連隊、西コースのベラベラ島に近いウィルソン湾方面が船舶工兵第三連隊と指示された。

コロンバンガラ島までは約七十キロ、各艇は船尾に小さな尾灯をともし、後の艇は前の艇を見失わないよう一列縦隊になる。私たちの舟艇は、暗い前方に全神経を集中しながら艇隊の先頭を行く。十時をすぎるころまでまったくの暗夜で、何も見えない。南十字星が南の夜空に美しく輝く。

今この狭い海峡を、それぞれのコースと時間差を保ちながら、十数集団の舟艇隊がまっしぐらに対岸に向かっていると思えば、この静けさが不気味である。十一時をすぎた頃であろうか、はるか左側方から前方に向かって曳光弾が二、三条、すると反対側からも曳光弾が飛び出し激しく交差する。

しばらく前方を監視しながら、全速で前進すると、たたきつけるようなスコールに見舞われ、何も見えなくなった。

ややあって突然、左後方スコールのすき間に、敵駆逐艦の舳先《へさき》を認める。暗夜で舟艇隊の位置が低く、また敵艦もジグザグコースをとっていたので、気付かれなかったようだが、もしあの時交戦していたら、わが艇隊は全滅していたにちがいない。

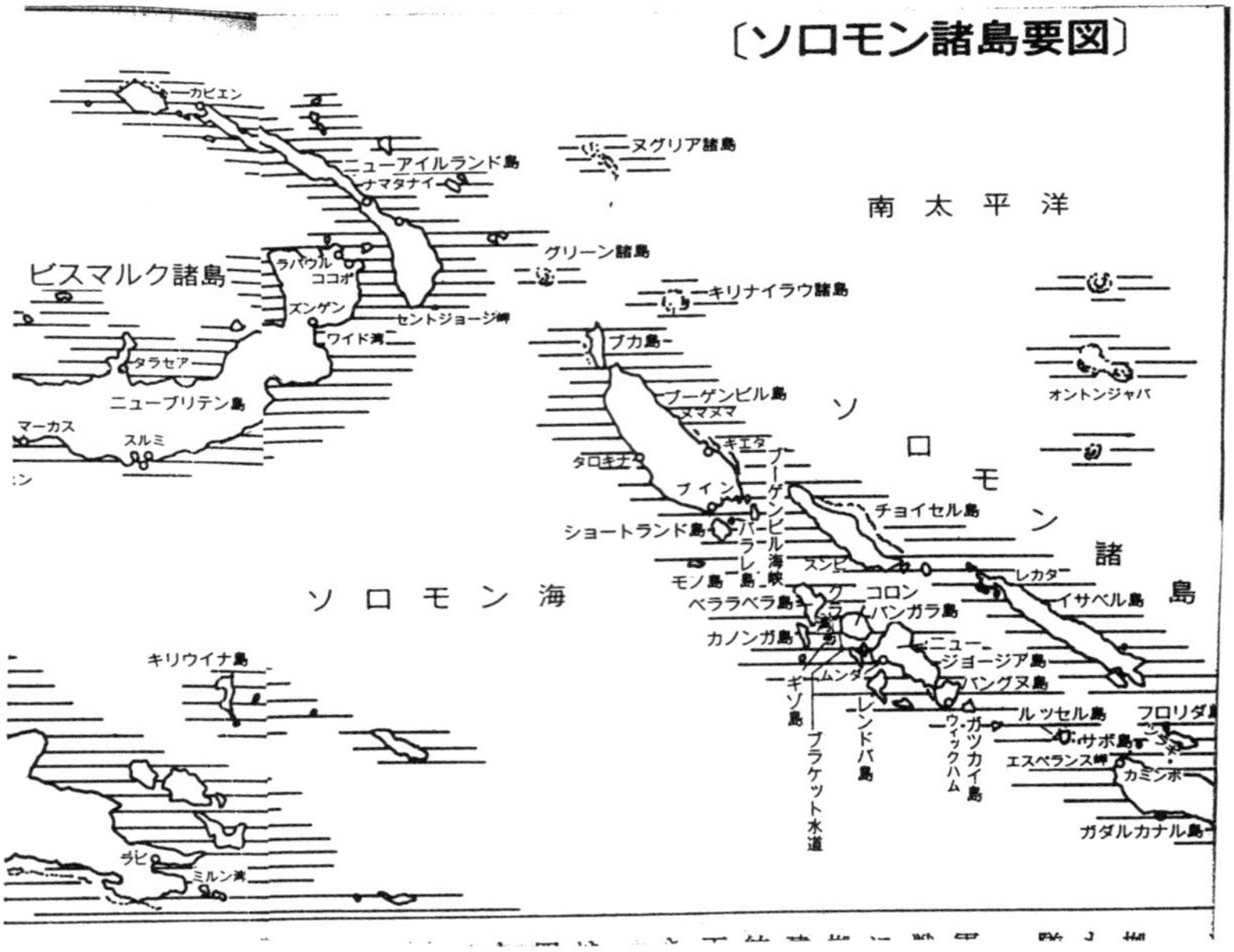
カビエン
ニューアイルランド島
ナマタナイ
ヌグリア諸島
南太平洋
ビスマルク諸島
ラバウル
ココボ
グリーン諸島
ズンゲン
セントジョージ岬
キリナイラウ諸島
ワイド湾
ブカ島
タラセア
ニューブリテン島
ブーゲンビル島
ヌマヌマ
オントンジャバ
マーカス
スルミ
キエタ
タロキナ
ブイン
ブーゲンビル海峡
ショートランド島
バラレ島
チョイセル島
ソロモン諸島
スンビ
ソロモン海
モノ島
レカタ
イサベル島
ベララベラ島
コロンバンガラ島
クラ湾
カノンガ島
ニュージョージア島
キリウイナ島
ムンダ
バングヌ島
ギゾ島
レンドバ島
ルッセル島
フロリダ島
ウィックハム
サボ島
エスペランス岬
ガツカイ島
カミンボ
ブラケット水道
ガダルカナル島
ラビ
ミルン湾

〔ソロモン諸島要図〕

一同ホッとする間もなく、はるか左方に吊り星（吊光弾）がともり、右方向でも曳光弾が飛び交う。敵の魚雷艇群は時速三十ノット（五十五キロ）で、行動はすばやい。この海域には、双方の航空機、駆逐艦、魚雷艇のほか、潜水艦もいるし、暗夜のため敵味方の区別がつかない。

雨と波にびっしょりとぬれながら、ただまっしぐらに進むうち、コロンバンガラ島の島影が見えて来た。まだ夜明けには間のある頃、狭い入江をさがしあて、マングローブの奥に舟艇を秘匿する。

## 四、戦友の死

翌二十八日、昨夜の舟艇機動の疲れで、グッスリ休んでいたところ、早朝から執拗な敵機の機銃掃射を受ける。

私は持ち前の好奇心から、マングローブ林へ上陸してみた。木の根は高くはりだし、地面は洗われて低くなっているのでガタガタ。しかもワニがいるので油断はできない。

十時をすぎた頃、舳先《へさき》の重機関銃のそばにいた私の耳もとをかすめた一弾が、向かい側に座っていた操舵手の杓谷上等兵の大腿部を貫通、「オイしっかりしろ」とだき起こしてみたが、出血もなければ返事もなく即死。冷たくなっていく戦友の体をだきしめながら、一同ただ冥福を祈るばかり。

その日の夕方、私たちの艇隊は、定められた乗船場所に集結し、輸送人員の搭載を始めたが、砲身をかつぎ込もうとする砲兵隊の一団と押し問答になり、兵器を放棄し兵員救出を優先すべきとの艇長の判断で、混乱する現場をおさめる一幕もあった。

各艇の収容人員は約百名、乗船者は艇員の行動の妨げにならないよう、搭載火器の間につめ込み、暗夜の中を出発、洋上に出て、この日戦死したばかりの戦友を水葬にし冥福を祈る。

あとで聞くところによると、ほかの艇隊では出発直後から敵艦艇から激しい攻撃をうけ、応戦する艇隊もあったとのことであるが、私たちの艇隊は、幸いにも交戦をまぬがれ、高波とスコールの中をまっしぐらに帰港地に向かう。この海峡は潮の流れが早く、舟艇の位置確認がむつかしいので、早くチョイセル島に接近しないと、夜が明けてしまう。

この日は積載量が多かったためか、思いのほか時間がかかり、夜明けぎりぎりに揚陸地に到着したが、後続の一隻がエンジン不調のため隊列をはなれてノロノロ運行中、敵哨戒機に発見され機銃掃射をうけて、機関手一名戦死、艇はようやく島かげに突っ込んで、輸送人員全員を無事揚陸したとの報告があった。

またこの日、舟艇秘匿地で一メートル余の小鰐を血祭りに上げ、刺身にしたところ、白身で結構おいしかったのが想い出される。

## 五、第二次出撃

十月一日、エンジン不調の一隻を残し、わが艇隊九隻いよいよ第二次出撃の日を迎える。戦後、船舶団長だった芳村少将（後中将）の回想によると、第一次の出撃で多数の大発を失ったため、第八艦隊司令部から、第二次出撃を延期したらとの電報をうけたが、団長の強い具申で決行が決まったとのこと。

夕刻になり一同気をひきしめて、チョイセル島を出発する。午後十一時を過ぎた頃、左側方に曳光弾が飛び交う。しかし、敵の挑発に乗らないことにきめ込んで、羅針盤をたよりに全速で進む、波は高くスコールに見舞われながら、明け方早くコロンバンガラ島の秘匿地に着く。

十月二日夕刻、指示された乗船基地に回航し、乗船予定人員全員を収容し、帰途につく。この夜も航空機からの照明弾、魚雷艇の曳光弾の飛び交う洋上を、ただまっしぐらにつっ走る。敵魚雷艇のグワングワンという大型航空エンジン似の音が、遠くなり近くなり聞こえたが、交戦することなく朝まだ暗いうちに、チョイセル島揚陸基地に到着、わが艇隊九隻に異常なし。

戦史によると、九月二十七日午後十時頃、北天岬に向かう第二地区の海軍種子島部隊が、米軍駆逐艦四隻、魚雷艇四隻と遭遇し交戦の結果、同隊に配属されていたわが船舶工兵第三連隊第三中隊の大発三隻（うち一隻は特大発）と海軍の大発一隻が沈没、中隊長和気道夫中尉以下五十一名が行方不明、残りの舟艇二隻を竹中少尉が指揮し高砂浜に到着した。

翌二十八日夜、北天岬で駆逐艦移乗が終わった九時三十分頃、米魚雷艇が襲撃して来た。敵は二群六隻、大発が応戦し、わが駆逐艦も交戦したが、そのうち大発二隻が陸岸に接近して座礁、翌日、敵の銃撃で炎上沈没した。

また九月三十日午後五時三十分、月の岬から三百二十五名を搭載した海軍大発四隻がコロンバンガラ島北岸を出発、チョイセル島に向かうが、間もなく米軍魚雷艇の激しい攻撃をうけ、七時四十五分三番艇（九十名搭載）が直撃弾をうけて沈没、四番艇はサンビで九十一名を揚陸したが、艇長以下六名戦死、一番艇は、スンビ西方で搭載人員六十五名を揚陸した後、破損甚大のため沈没、二番艇はスンビに七十三名を揚陸、四隻中この艇だけが無事だった。

十月一日、第二区に向かう海軍種子島部隊は、午後五時スンビを出発、七時三十分頃より米巡洋艦、駆逐艦ら三隻から砲撃をうけ応戦するも、八時三十分頃、一番艇と二番艇が総員行方不明となる。第一区（船工二）、第三区（船工三）の舟艇群も米艦艇と遭遇、芳村船舶団長の回想によると、

「当日は終夜に亙《わた》って砲声殷々《いんいん》として四十浬に及ぶ全海面を圧し、激戦死闘の模様が手に

とる如く看取され、聞く砲声の一発毎に心臓をえぐられるが如く、座っても立っても居られない沈痛焦燥の感にたえず、唯神佛の加護を祈るのみであった」

十月二日夜、北天岬を出発した海軍種子島部隊は、またも敵巡洋艦、駆逐艦の執拗な砲撃と魚雷艇の銃撃をうけ、その中を遮二無二突破するも、大発五隻が行方不明となる。

なお、第一区及び第三区は無事帰還した。

## 六、潰滅の艇隊

わが連隊第三中隊（和気中尉）生き残りの竹中少尉（陸軍士官学校出身）の回想によると、二十七日夕刻、出撃直前、「第三中隊は種子島部隊に配属、その指揮を受くべし」との命を受けたが、これは大発に損害が出たための変更だとのことだった。

第三中隊の艇隊は、種子島部隊の最後尾を前進する。しばらくは暗やみの中、北天岬に方向をとって直進、四時間もすれば椀を伏せたように見えるはずのコロンバンガラ島の島かげが見えない。

午後十一時すぎ、左後方に赤い信号弾が尾を引いて上がった。同時に青、黄、赤、白の華やかな曳光弾の光束が何条も打ち込まれて来た。敵魚雷艇の襲撃である。艇隊は直ちに「左旋回」「撃て」の号令で応戦。ついで照明弾が上がり、艦砲の斉射音がひびく。艇隊の周囲に十メートルほどの水柱が林のようにたって、水しぶきが舷側をうつ。彼我入り乱れての混戦となり、炎を上げる艇、突っ込んで果てる艇、激闘の後やがて暗黒がもどる。

北天岬に方向をとり、まっしぐらに前進、午前三時頃、秘匿地に入る。この戦闘により中隊長乗組の特大発（大発の二倍の大型）一隻と大発二隻は帰還せず、我ら大発二隻は、戦死一名、被弾多数。

二十八日朝、種子島部隊長の命をうけ、夕刻、北天岬に大発二隻を回航、重傷患者三百名を乗せ、午後九時、沖合に待機の駆逐艦四隻中の一隻に搭載する。舷が高く波も高かったので、負傷者や体力のない者で波間に消えた者もあり、心の傷が痛む。

明くる二十九日夜の撤収は、大発二隻に南東支隊本部員ら二百名を収容、単独行となった。基地を出た直後から敵魚雷艇と遭遇交戦、折から物凄い稲妻と雷鳴がとどろき、局地的な大スコールに見舞われる。北に進むこと約二時間、またスコールが上がると、敵哨戒機による照明弾と敵魚雷艇三隻に猛射を受けて応戦する。激闘二時間、やがてチョイセル島が見える頃、敵の射撃が遠のく。

十月一日、第二次出撃は、松山連隊長の艇隊最後尾を命ぜられ、出港後間もなく敵魚雷艇との交戦が始まる。こうした中、後続の二番艇がエンジン故障し、これを曳航するトラブルが生じたが、懸命の努力で故障修理に成功、暗黒の中を秘匿地に直行。

二日午後六時、コロンバンガラ島最後の日本兵を乗せ、連隊長艇隊の最後尾につき、出港約二時間も過ぎた頃、敵魚雷艇が後方より執拗に攻撃してくる。その時わが艇のエンジンが停止、あせる気持ちをおさえながら、エンジン修理を艇長らにまかせ、応戦の指揮をとる。二十五ミリ機関砲や機銃の全火力をあげて撃ちまくる。

そのうち「やられた」「浸水する」「衛生兵ー」などの声がとび交う。激闘しながら漂流一時間半、敵駆逐艦三隻がすぐ右側を機銃掃射しながら通過。浸水がはげしくなり、木栓とボロ切れがたりない、救命胴衣を軍刀で切り裂いて使う。

やがてエンジン修理が成功し、ノロノロと前進を始める。敵魚雷艇は、円運動をしながら執拗に射撃してくる。やがて弾丸もつきたので、重火器を全て海にすて、浸水をくみ出す。夜明け寸前、満身創痍のまま基地にたどりつく。

この夜の戦いで、わが大発の艇内で戦死三名、重傷八名、負傷者多数。また舟艇の損害は大きな弾痕だけで四十三発の命中弾をうけ、排水ポンプとバケツや鉄帽で浸水を汲み続けたが、如何ともしがたく艇は秘匿地に沈む。

## 七、戦い終わって

このようにしてチョイセル島に揚陸した撤収部隊は、島内に散開してそれぞれの任務につくことになり、コロンバンガラ島撤収作戦は終わった。

この作戦におけるわが舟艇部隊の損害は大発五十隻、戦死者百七十名、また撤収部隊の戦死者約二百名で約一万二千名の将兵を救出することが出来た。撤収部隊の損害が少なかったのは、被害が往路（空船）に集中したためとみられる。

なお、この作戦における芳村第二船舶団長の回想によれば、

「チョイセル島とコロンバンガラ島間四十哩《マイル》の海上は、敵の巡洋艦、駆逐艦、魚雷艇による数段構えの包囲網が敷かれ、これを無装備の大発、定員の倍以上の兵員満載、速度のおそい大発での突破など、悪条件のためわざわざ沈みに行くようなもので、悪くいけば全滅、うまくいって半滅の損害が予測された。舟艇機動間における敵艦からの攻撃延べ数は、巡洋艦八、駆逐艦三十六であった。また参加大発の半数が沈没するも、幸いにして転進部隊搭載舟艇は一隻沈没のみであった」

この回想の中に無防備の大発とあるのは、もともと大発には銃、砲の装備はなく、この作戦のために急遽、各種の砲や銃機を搭載したものの肝心の訓練をうけた砲手や射手がいないので、銃砲の搭載はまったくの気安めにすぎなかった。またこの作戦の目的が兵員救出にあって、戦闘ではなかったので当然のことではあるが、中には敵の挑発を受け果敢に応戦して、かなりの損害を被《こうむ》ったのも事実である

船舶工兵第三連隊のわが第一中隊の艇隊が、二度の撤退作戦に参加し、合わせて約千九百名の兵員を救出して、わが方の損害を最小限に止めることが出来たのは、まさに天佑と

しか言いようがない。

後にこの作戦の功により、第二船舶団には上聞に達する感状が授与されたが、今日まで生きのびて、戦争の愚かさと、平和の尊さをつくづく思う時、なくなった多くの戦友たちの冥福を心より祈らずにはおられない。

# 感状

第二船舶團司令部
船舶工兵第二聯隊
船舶工兵第三聯隊
第二揚陸隊ノ一中隊
第六師團通信ノ一部
第七十六兵站病院第一第二衛生班

右者ハ第二船舶團長芳村少将ノ指揮ニ屬シ昭和十八年九月中旬ヨリ十月中旬ニ至ル間「コロンバンガラ」島陸海軍部隊ノ轉進作戰ニ方リ第八艦隊司令長官ノ指揮下ニ機動舟艇部隊ノ骨幹ト爲リ困難ナル天候海象ヲ克服シ敵機ノ跳梁爆撃ヲ冒シ敵艦艇ト激烈ナル戰鬪ヲ交ヘツヽ長期ノ夜間機動ヲ反覆敢行シテ轉進部隊主力ノ海上輸送ヲ遂行セリ此ノ間船舶工兵聯隊ハ其ノ舟艇約半數ヲ喪失シ且屢々難局ニ際會シテ多大ノ犠牲ヲ生

シ或ハ敵ノ虚ヲ衝キテ巧ミニ航路ヲ選定シ或ハ危険ヲ顧ミス積載人員ヲ倍加シテ損耗舟艇ニヨル欠ヲ補フ等戦機ニ即応スル処置ヲ講シテ危機ヲ打開突破シ揚陸部隊ハ敵機ノ妨害ヲ排シテ複雑ナル揚搭作業ヲ的確ニ処理シ通信及衛生部隊ハ擴大セル戦面ニ処シテ連絡ノ確保及傷病兵ノ収療ニ遺憾ナカラシメ以テ各部隊協同一致克ク至難ナル任務ヲ達成シテ軍爾後ノ作戦ニ貢献セリ

右ノ行動ハ船舶團長ノ適切ナル統率ト各部隊ノ崇高ナル敢闘精神及熾烈ナル實行力トニ依リ優勢ナル敵艦艇及航空機ノ活動ノ下前例ナキ舟艇ノミニ依ル強行兵力輸送ヲ完遂シ船舶部隊ノ本領ヲ遺憾ナク發揮セルモノニシテ其ノ武功抜群ナリ

仍テ茲ニ感状ヲ授與ス

昭和十九年八月九日

第十七軍司令官陸軍中将百武晴吉

## 五――ブ島内移動

### 一、トノレー湾

昭和十八年十月、コロンバンガラ島撤収作戦を終わって、私たち参加部隊が、ブーゲンビル島ブインに帰着して、間もない十一月一日、ブーゲンビル島西中央部のタロキナに強力な米軍が上陸、直ちに飛行場建設にとりかかった。

このためわが船舶工兵第三連隊（三ヶ中隊と材料廠で編成）主力は、ブーゲンビル島北部のタリナに集結、第一中隊主力は、ラバウル、「ブ」島間の輸送部隊となり、第二中隊は、北方よりタロキナを攻撃する舟艇部隊として、また第三中隊は、「ブ」島南部ブイン方面より、第十七軍のタロキナ攻防作戦の支援にあたる。

こうした中、第一中隊の一部、七、八十名は、「ブ」島南部トノレー湾に移動、ブイン方面との連絡調整にあたる。トノレー湾の宿営地は、湾の奥側椰子の木立の連なる砂浜海岸から、二百メートルばかり入った密林の中にあり、舟艇を繋留した海岸付近には、ドラム缶入り燃料五、六十本が秘匿されていた。人の話では航空燃料だとのことで、海岸線を威嚇《いかく》する敵機の機銃掃射で、大爆発を起こさねばよいがと、不安を感じたものである。

ある時、隊員五、六人で裏山の急斜面をよじ登ったことがある、頂上は対空監視隊の通信基地で、そそり立つ大木には梯子階段が設けられ、頂上は丸太を並べたテラスになっており、ここからは、はるかに周辺の地形が一望に見渡せ、たまたまブイン方面を偵察飛来中の敵機を、眼下に見ることが出来た。私たちは、久しぶりに他の部隊員と懇談することができ、この孤独で重要な任務を担う隊員の労をねぎらい、山を下る。

それから間もなく私たちは、「ブ」島北方タリナに舟艇移動することになった。昭和十九年二月十五日、ラバウルとの中間連絡基地グリーン島に米軍上陸、ラバウル、「ブ」島間の海上航行が遮断されて、私たちはラバウルに移動した中隊主力と合流できなくなってしまう。

## 二、タリナ

タリナでは、ブカ水道にある海軍航空基地に対する敵機の攻撃が激しくなり、また北方からタロキナに対する攻撃も、物量に勝る敵の砲爆撃により一進一退、ある晩、タリナ基地より舟艇五、六隻で西側海岸を南下、途中どしゃ降りの雨にぬれて、あしのはえた海岸に上陸、寒さにふるえながら雑木を伐採して火をおこしたが、あんな生木がよく燃えるものだと感心する。

その頃、北方から大軍がタロキナに向かっていると敵をあざむくため、夜明け前に広い範囲でたき火をし、朝方煙を残して炊飯をしたようにみせかけるオトリ作戦も、あまり効果がなかったようで、私たちの行動もその一環だったのかもしれない。

また、タリナの宿営地から舟艇基地までは、舟艇で移動していたが、この水路はいつもよく澄んでいて、三メートル以上もありそうな大きな鰐が悠々と泳いでいるのを、真上からのぞき見ることが出来た。

やがて、「ブ」島東中央部ヌマヌマ地区への移動を命ぜられ、陸路移動することになった。私たちは食料や身の回り品など最小限の荷物をもって、海岸線沿いの土人道を歩いてヌマヌマに向かう。

島の中央部が山脈のためか、途中の川は急流が多い、所によっては大きな倒木をそのまま橋にしたところもあったが、その川の一番渡りやすいところが通路になるため、海岸道とはいえ、川の渡り場に合わせて通路は上がったり下ったりと蛇行する。特に雨で増水した川では、渡るのに苦労したものである。

ある日、川幅七、八十メートルばかりの川にさしかかったが、深みがあり流れが早いので、三、四人ずつ少人数で渡ることになった。私は携帯天幕に包んだ荷物を背負い、小銃を右手に持って川に入ったが、深さは胸あたりまでながら流れが早く、川底の石がよくすべる。

深みの中ほどまで来た時、不覚にも足を滑らせ五、六十メートルばかり流され、石に引っかかってようやく止まった。そこで起き上がろうと手足を動かすものの、仰向けになったまま起き上がることが出来ない。これを見て先に渡っていた戦友が、かけよってきて助け起こしてくれ、ようやく川を渡ることが出来た。

当時はまだ、食料不足についてはあまり心配していなかったが、野菜や脂肪分の不足については注意するようになっていた。そのため雑草をとったり、椰子の新芽をとって栄養補給に心がけていた。椰子の新芽は頂上の枝葉の中にあり、切り倒してとるのが一番容易なのだが、伐採する斧や鋸がないので難しい。

隊員の中には、土人が持つような刃渡り三、四十センチもある蛮刀をもっている者もいたので、椰子の木の頂上に登り、新芽だけを切り取ることも出来た。椰子の新芽は重さ十キロくらいもあり、筍《たけのこ》に似てあくがなく、雑炊にしてみんなの空腹をみたすことができた。

## 三、ヌマヌマ地区

ヌマヌマに着いて間もない昭和十九年七月二十五日、私たち第一中隊残留部隊は同じ連隊の材料廠や防疫給水隊の一部とともに、作業中隊（水田中尉）を編成、歩兵第八十一連隊（金子大佐）に編入される。私たちの宿営地は、でこぼこした石がらの多い丘の上で、大きな岩の割れめが自然の防空壕になっていたが、空から見てめだつためか、度々敵機の機銃掃射を受けた。

タロキナ攻防戦は、物量に勝る敵の反撃をうけて長期化し、ヌマヌマ地区よりタロキナへ通ずる山岳越えの路線（土人道）や守備拠点の、偵察、警備、物資輸送にあたる隊員の損害も大きくなる。ヌマヌマ地区には広い範囲に部隊が展開、各隊に支援要員が割り当てられ、前線にかり出された。

私と同年兵だった喜連川謙市兵長（宇部市出身）指揮の分隊（約十名）が派遣されたのもその頃のことである。私は出発前夜、彼らの幕舎を訪れ、当時貴重品だったマッチの小箱一ヶを、防水のため衛生具に包んで手渡し、激励したのが最後の別れとなってしまった。

その頃、食糧自給にせまられて、わが作業中隊は、ヌマヌマ南東約十キロのアリグワに移動、食料生産を命ぜられる。作業中隊約百名は、椰子林中の雑木や、ツタカズラを切り開いて畑を作り、陸稲や甘藷を植え付けたり、海岸に製塩、製油班や魚労班を設けて食料生産に努めることになる。

## ブーゲンビル島地名図

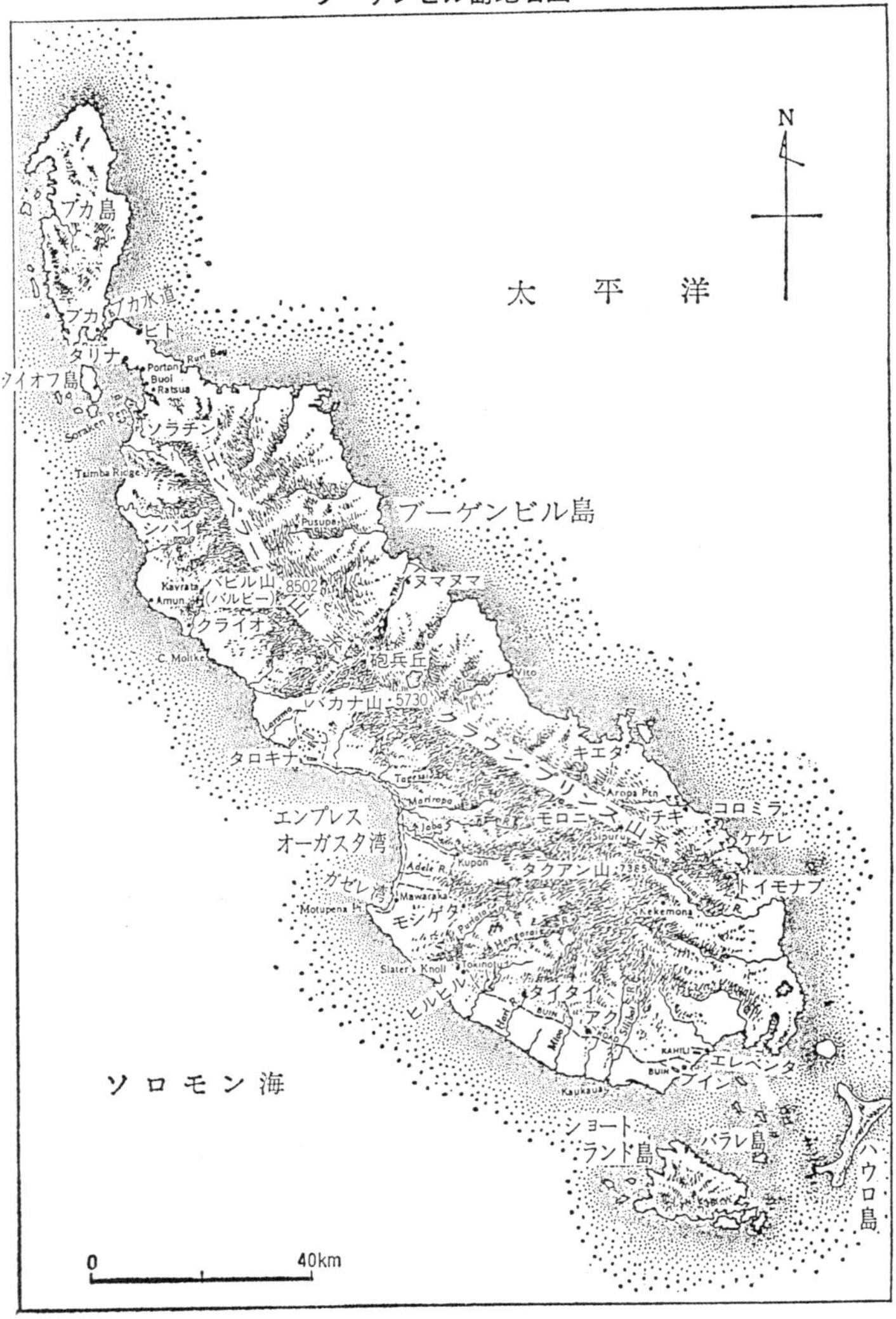
N
太平洋
ブカ島
ブカ水道
ブカ
ビト
タリナ
Ruri Bay
Porton
Buoi
Ratsua
イオフ島
Soraken Pen.
ソラチン
Tsimba Ridge
ブーゲンビル島
Pusupa
シパイ
ヌマヌマ
Kavrata
Amun
バビル山 8502
(バルビー)
クライオ
C. Moltke
砲兵丘
Vito
バカナ山 5730
クラウンプリンス山系
キエタ
Laruma
タロキナ
Aropa Ptn
コロミラ
Mariropa
モロニ
チキ
ケケレ
Jaba
エンプレス
オーガスタ湾
Adele R.
Kupon
タクアン山 7385
トイモナブ
ガゼレ湾
Mawaraka
Motupena Pt.
モシゲタ
Kekemona
Luluai R.
Hongorai R.
Slater's Knoll
Tokinotu
ヒルヒル
タイタイ
Hari R.
Mivo
アク
Silibai R.
KAHILI
エレベンタ
BUIN
ブイン
Kaukaua
ソロモン海
ショート
ランド島
バラレ島
ハウロ島
0
40km

# 六――山岳守備隊

## 一、歩兵中隊へ派遣

昭和二十年始めのある日、突然、歩兵中隊への派遣命令をうける。餅田軍曹を長として、当時兵長だった私、高橋上等兵、寺本、渕上両一等兵の五名である。

当時、タロキナ方面へ通ずる路線や前線基地での苦労話は聞いていたので、他部隊への派遣には一抹の不安はあったものの、多面、好奇心があったのも事実である。

私たちは直ちに準備し、翌日アリグワ宿営地を出発、海岸道を歩いて南方約十二キロの「ビト」に展開する歩兵中隊（今村大尉）の宿営地に到着した。さっそく中隊長に着任のあいさつをし、その指示をうける。私たちの任務は二十キロばかりはなれた、タロキナ方面に通ずる南部山岳路線守備隊の交代要員として、前線基地に赴くことであった。この基地との連絡は週一回取りきめた曜日に双方から五、六名の連絡員を出し、中間地点で落ちあうことになっているとのこと。

二日ばかり待機した後、五、六名の隊員とともに中隊宿営地を出発、椰子林を過ぎると雑木林、そしてジャングル内を浮き上がった木の根でデコボコした土人道が続く。山を登り、谷川を渡って昼頃、中間地点の小さな農園に着く。ニッパ椰子の葉でふいた廃屋が二、三軒たっている。ここで守備隊からの連絡員と待ち合わせ、双方の物資を交換し、情報を伝える。

ついで守備隊員の案内で山に向かう。ところどころ農園らしい開けたところがあり、デコボコ道をたどると、右手奥に小さな土人部落も見受けられた。谷川にかかった大きな倒木の橋をわたってしばらく行くと、小高い丘の農園にたどり着く。

## 二、山の守備隊

宿営地は、傾斜地に広がる農園から木立の中を百メートルばかり登った小山の中腹にあり、ヒゲ面の出迎えをうける。ニッパ椰子の葉でふいた小屋が三つばかり。守備隊長の赤木中尉が指揮する二ヶ分隊で、私たちを入れて総勢二十名ばかり。

翌日から、元気な者は偵察警備をかねて物資の収集にあたることになったが、幸いこの農園はかなり広く、甘藷、タピオカ、パパイア、バナナなどが豊富で、食べ物には不自由しないようだ。食料不足で栄養失調気味の者にとっては、まさに天国である。

ただマラリア患者は、どこも同じで特効薬として支給されている硫酸キニーネも、蚊を防ぐことの出来ない環境の中では、その効果は疑問である。気力のない者は、だんだん体力が衰えて死んで行く。ここでも隊員の三分の一ぐらいは元気だが、三分の一はマラリア発熱などにより寝込んでおり、あとの三分の一は病み上がりである。

昼間の歩哨は病み上がりがつとめ、夜の歩哨は元気な者が交代でつとめる。私は田舎育ちのせいか、発熱しても寝込むことがほとんどなく、いつも元気で勤務できたのは幸いであった。

焼畑式でつくられた農園には、いたるところに大きな倒木があって、その間に広がる甘藷畑では、携帯用円匙《えんぴ》や、先のとがった棒などで土を掘ると、縦横に延びた木の根の間に大きく育ったイモがはさまれ、掘りにくいことこの上ない。掘り終わると、イモズルを束にしてところどころに差しこんでおけば植え付け完了である。

あちこちにあるパパイアやバナナは、よく熟《う》れたものを腹いっぱい食べてから持ってかえるのが、物資収集班の特権であった。

次の日、この農園の西はずれにある二百人ばかりの土人部落を、吉田軍曹ら六、七人で訪問する。まず酋長のニッパ小屋を訪ね、ついで小さな教会脇の宣撫班を訪ねる。

憲兵軍曹を長とする三名の宣撫班員は、連絡用の小型無線機をもって、この方面で布教活動をしているスペイン人宣教師に密着して情報収集にあたっているとのこと。垂れ下がった小さな天幕の中の小型無線機を眼にしながら、お互いに頑張ろうぜと声を交わし、ついで宣撫班員の案内で、ニッパぶきの小さな教会に神父を訪ねて行く。

中に入ると正面の祭壇には、キリスト像の、絵布を下げただけの簡素なものであったが、中年過ぎの神父は好人物らしく、現地のみんなから慕われているようだ。それにつけても、こんな山深い僻地《へきち》にまで身を挺して、布教活動にあたるキリスト教徒に頭の下がる思いがする。

物資収集は一日置きに行ない、週一回の連絡日が近づくと、中隊に送る物資の準備が忙しくなる。連絡日になると、元気な者五、六名で甘藷やタピオカ、パパイア、バナナなどを天幕でくるみ、背負子《せおいこ》で運ぶ。小銃は手放せないので、荷物はかなり重いものになる。いつものように、はだしで狭いデコボコ道を歩いたり、谷川を渡ったり三、四時間かけて、中間地点の廃屋に到着し、中隊からの連絡員と待ち合わせる。中隊から送られて来る物資は、海水を煮つめて作った塩や、椰子の実からとった椰子油や油かす、少しばかりの米や調味料、時には甘味品などで、また戦況や命令などが伝えられる。

それから二ヶ月ばかりたった連絡日に、中隊長からの命令として、「連隊本部からの情報によると、敵五列（正規の軍隊ではない現地人などで敵対行為をする者）の活動が活発となり、ヌマヌマ地区の前線や他の前線守備隊、偵察隊が襲撃されているので、速やかに陣地を強化し警備を厳重にせよ。なお次の連絡日に中隊長が、敵状偵察に行くので準備するよう」指示される。

翌日から宿営地の警備を強化するため、各幕舎間の通路脇や、宿営地のまわりに塹壕を掘り、また宿営地上方約百メートルの丘に警備小屋を建て、まわりに塹壕を掘る。また、この丘から奥に延びる山の稜線は、見通しが悪いので、樹木を伐採して遠くまでよく見えるようにする。塹壕掘りは大木の根が縦横にからんで、難工事ではあったが、四、五日かけて完成する。また頂上にも歩哨を立てることにする。この守備隊の主な武器は、軽機関銃及び擲弾筒《てきだんとう》各二梃。

## 三、敵状偵察

間もなく連絡日になり、中隊長一行十名ばかりが宿営地に到着した。中隊長は補強工事を実施した陣地内を巡視した後、実戦的な腰だめ射撃の訓練を行なう。敵は三十連発の自動小銃を持っているから、わが三八式歩兵銃ではジャングル戦に不利、そのため銃把を腰につけたまま、素早く射撃する腰だめ射撃を指導し、隊員の士気を鼓舞する。

翌日は、中隊長一行に我々守備隊員のほか、神父を先頭にして宣撫班員も加わり、総勢二十名ばかり、軽機関銃一梃を携行する。ここから島の中央背嶺に沿って少し南下し、山越えする土人道は、敵の占拠するタロキナ方面に通ずる重要路線なので、敵五列侵入にそなえ前方の状況を偵察するのが今回の目的である。

神父を先頭にしてせまい土人道をたどり、途中にある土人部落に立ちより、様子を窺《うかが》いながら進む。また道はけわしくなったり、小さな農園を横切ったりしながら、午後三時すぎ、小高い丘の上をすぎると、急にジャングルの前方が開け、はるか彼方の小山の中に点々とニッパ小屋が見える。かなり大きな土人部落だ。

神父の話では、この附近も布教活動の範囲だとのことで、川に沿ってこの部落に入ると、神父はみんなから歓迎されたが、私たちはうさんくさい眼でみられ、近よって来ない。ともかく酋長のいる小屋をおさえ、その近くにある教会に入り、ここで泊まることにする。

また、隊員五、六名は好奇の眼でみつめる女、子供の動静をうかがいながら、集落を一巡、教会から見通しのよい場所に歩哨を立てて緊張した一夜をすごす。

翌朝、同行した宣撫班の説明では、この附近に敵五列の動きはなく、また土人部落にも動揺の気配はないとのことで、協議の結果、偵察隊はここから引き返すことになった。

守備隊宿営地に帰ったその日の夕方、中隊長は軽機関銃の連続射撃を命ずる。静かだった山中に烈しい連続音がひびき渡ると、しばらくして土人部落より若者二、三人がかけつけて来たが、手を振って心配ないことを告げると、安心した様子で帰って行った。

## 四、土人部落

数日後、私たち物資収集班五、六人が、川向こうの農園に出かけたところ、土人部落の女子作業員の一団と出会う。この農園の土人部落に近い方は彼らの専用で、大きな倒木を境にして遠い方を守備隊が使っていた。

土人部落では農作業は女の仕事で、男は竹槍のような棒をもって見張りをするだけ。赤ん坊を背負い、たれ下がった乳房をむき出しにした真黒い肌のカナカ族の婦人はよく働く。腰布は男だけで、女はつけず、椰子の葉で編んだ薄っぺらなものを腰の前後につるしただけなので、歩くたびにパタパタとはねるが、不思議に色気は感じない。

土人たちと道で出会っても、彼らを刺激しないよう手を振ってあいさつするよう心がける。こちらの農園では、蒲《がま》の穂がうまいとおしえられ、新芽をとって焼いて食べると、やわらかくておいしいのにびっくり、忘れられない味であった。また、農園のあちこちに植えてある小粒の唐辛子は、葉ごと油で炒《いた》めると副食に最適であった。

聞くところによると、土人部落で一番えらいのはもちろん酋長だが、その他に医療を司る「ドクターボーイ」と、教会の世話をする「ティチャーボーイ」がいばっている。自然の草木をくすりにしたり、まじないをしたり、部族の健康管理が「ドクターボーイ」の仕事らしいが、自分の足に出来た大きな潰瘍などを見ても、医療技術の程は疑問である。また教会や神父の世話役をつとめる「ティチャーボーイ」は、何かとこまめに動いているのが印象的であった。

その晩は、土人部落のことや故郷に残した家族のことなど、夜おそくまで話がはずみ、マラリアで衰弱し寝込んでいたA上等兵も珍しくよく話していたが、翌朝は声もなくすでに冷たくなっていたのにはみんなビックリ、まことにおだやかな最後であった。

その日、私たち元気な者は、宿営地わきの空地に行き、これまでに病死した三人の埋葬地のそばに穴を掘って、ていねいに埋葬し、墓標を立てる。一同ただ戦友の冥福を祈るばかり。そして明日はわが身かとの思いが、頭をよぎり、わびしい思いがする。

それから間もなく中隊との連絡日となる。中隊長からの情報によると、敵五列の活動が活発で襲撃事件が頻発している。なおいっそう、警戒を厳重にせよとのこと。

## 五、山岳方面偵察

守備隊でもいろいろと対策を協議したが、この陣地の一番の弱点は、小山頂上方面で、この方面を強化することが必要と、みんなの意見が一致。また南側からタロキナ路線方面の状況は、前回の偵察と宣撫班の情報収集によるが、西側背嶺方面の状況は全く不明なので、この方面への偵察を行なうことにし、隊員五名を選定したが、当日吉田軍曹がマラリアで発熱、他の隊員一名は昨夜来の下痢が納まらず脱落。

結局、歩兵出身の広川伍長と小林上等兵、それに私の三名で偵察に行くことになった。もとよりこの三人はいつもの元気組で、行動を共にし気心も知れているが、中国戦線で実戦経験豊富な二人に比べ、船舶工兵出身の私は地上戦の経験がないので、まったく自信がない。敵の自動小銃三十連発に出会ったら、全滅するかも知れないとは思ったが、ともかくやるしかないと覚悟をきめる。

早朝、三人は小山頂上の立哨位置から出発、急峻なけもの道を黙々と登る。帯剣は音がするので小銃に着剣して鞘は持たず、銃弾は各自三十発、蛮刀を腰につけ、音がしないよう、舟艇で使う地下足袋をはく。

覆いかぶさるようなジャングルの中を細い道が続く。帰りに迷わないよう、ところどころに枝を折ったり目印をつけて登る。木立が開けて古い農園らしいところもあるが、人の気配がしない。三人は耳をすませ、息をころし、四方に眼をくばりながら、ひたすら山を登る。

やがて、正午近くなって山の頂上に出る。前方が開け、はるか遠方へ続く山並みが見える。そして古い農園跡と、ニッパぶきの廃屋が二、三軒。しばらく物陰からあたりをうかがらも、人の気配はまったくしない。無人を確認してニッパ小屋に入り、たき火の跡を見るも、新しいものは見当たらない。ひとけがないとなると急に大胆になって、一人を見張りに立てて、二人は豚をさがす、豚は土人にとっては貴重品なのだが、動物性脂肪分に飢えている男たちにとっては、垂涎《すいぜん》の獲物、しばらくさがしてみたが、豚の足跡すら見あたらない。また見渡す限りはるか前方にも特に異常はないので、持参のにぎり飯をほうばってから引き返すことにする。

帰り道はお互いにはぐれないようにと、どんどん下がって行くうち、登るときにつけたつもりの目印がわからなくなり、見なれない場所に出て来た。道を間違えたらしいが、今さら引き返すわけにもいかない。しばらくして道は谷川に沿い、下るにつれて水流もだんだん広がってくる。やがて、古い農園跡をすぎ、見おぼえのある河原に出た。いつも連絡日に通る河原である。

道すじがわかってホッとした時、突然、木立の中がザワザワとして子豚が飛び出して来た。機敏な小林上等兵がとんで行き、小銃をぶっ放す。銃声が谷間にひびき渡ったので、土人に気づかれなければよいがと思わずあたりを見渡したが、人の気配もないようなので、背骨を撃ち抜かれた子豚を岩かげに運び、さてどうしたものかと相談する。

小柄《こがら》とはいえ、折角《せっかく》の獲物、持ち帰ってみんなに食べさせたいのはやまやまながら、私たち三人の今日の任務は、決死覚悟の前線偵察であって、物資収集ではないので、持ち帰って大目玉をくうより、ここで処分したほうがよかろうということになる。

方針がきまれば、動作は機敏だ。蛮刀でさばく者、河原で枯木を集めて火を起こす者、そして周辺を警戒する者。焼け石の上で焼かれた肉片は、調味料なしでも結構おいしくて腹一杯つめ込み、あとはすべて川に流し、土人に気付かれないよう跡始末する。

帰り道は足どりも軽く、農園下の入り口を通って帰隊し、山岳頂上までの状況や特に異常のなかったことを、守備隊長に報告。守備隊の山の裏側になるため、あの銃声は聞こえなかったらしく、ほっと胸をなでおろす。

## 六、強化訓練

翌日も五、六名で農園内に物資の収集に出かける。このところ餅田軍曹が体調不良で寝ていることが多く、その分、作業中隊から来た仲間で頑張らねばと、みんなで話し合う。高橋上等兵は、東京高等商船学校出身のお人よしだし、寺本一等兵は、いつも破れズボンをはいていて、すわると小柄な身体に似合わぬ大きなものが、まるだしになる愛嬌者、そして渕上一等兵は、無口ながら自分の任務を黙々と遂行する律儀な男だ。

決してめだちはしないが、いい仲間に恵まれたと感謝の気持ちで一ぱいである。私たちは戦力強化のため、すすんで軽機関銃や擲弾筒の操作訓練をうける。このような私たちの気持ちは、他の隊員にも感じられるらしく、病弱なマラリア患者が昼間の歩哨に立つようになったり、炊事当番を手伝うようになった。

ある日、土人部落に駐在していた宣撫班の憲兵三名が、本部命令により本隊に引き上げるとの知らせが入った。前線の情勢が一段と悪くなったことは間違いない。

守備隊では、いっそう警戒を厳重にし、小川の水汲みや農園内の作業にも、警戒を強めて油断しないようにする。また守備隊の陣地では、小山の頂上が重要地点であるので、頂上の立哨地点強化策として、稜線に通ずる見通しのよい山道に、穴を掘ったり障害物を置いたり歩行を困難にするしかけを作る。

一方、守備隊の人員は限られており、マラリア熱で衰弱し寝たきりの者も何人かいるので、夜の歩哨と不寝番勤務は元気な者にとってはかなりの負担となる。どんなに疲れていても、毎晩交代で歩哨に立たねばならず、ついつい居睡りしてしまうこともある。

それからしばらくたって、突然、私たち作業中隊から派遣された五名に、原隊復帰の命令が出た。この守備隊に来てすでに五ヶ月余りがたっていた。交代要員は、歩兵隊員で地上戦経験者とのことで一安心する。戦況はきびしく危険も増して来ているが、ここには食材豊富な農園があり、人間関係も良好。また以前のイモやにがみのあるマングローブの実の入った、アリグワ雑炊にもどるのかと思うと、少し気が重い。

# 七、原隊復帰

私たちは、守備隊のみんなに名残りをおしみながら山を下り、うす暗くなる頃、「ビト」の今村中隊宿営地に到着。任務を終わった安堵感と、原隊に帰れる嬉しさで、宿営地の椰子の木の間から久しぶりにみる南十字星の輝きを忘れることはできない。

翌日、私たち五人はアリグワの作業中隊に帰着、なつかしいあの顔、この顔に迎えられて私は指揮班に復帰し、間もなく伍長に昇進した。人員や物資の補充のない前線では、初年兵も入ってこないし、昇進も忘れられているのが現状だ。

私の担当は、中隊事務や陣中日誌で農作業の合間をみて行なう。このほか週一回の命令受領は、ヌマヌマ地区の連隊本部まで一人で出向き、各中隊から集まった受領者とともに、連隊本部からの命令や通達をうけ、中隊長に伝えるのが任務だ。

連隊本部までは、片道十キロ余り海岸道を歩いて行き、途中川幅百メートルばかりの川原を通らなければならないが、満潮の時は、小銃を高く持ち上げて泳ぐようにして渡る。同じ島の中でも海岸に鰐がいるところが多いので、決して油断はできない。また、渡河中に敵機の機銃掃射をうけることもあったが、そのときはじっと動かないように注意する。

ある時、連隊本部で顔見知りの今村中隊の下士官に出会った。話によると、あの山の守備隊は私たちが交替して間もなく、敵五列の奇襲をうけて全滅。私と仲の良かった広川伍長は、手榴弾の破片が心臓に命中したのが致命傷らしく、外傷はないのに即死。他の者も応戦むなしく、自動小銃と手榴弾による攻撃をうけて、残念な結果になった。あなた方は運が良かったですね、と慰めの言葉を頂く。

ほんとうに人間の運命は、紙一重との思いを強くする。物資収集や前線偵察など数々の思い出とともに、壮烈な死をとげた戦友たちの冥福を心より祈らずにはおられなかった。

# 七——終戦

## 一、アリグワ

　アリグワの宿営地は、海岸道より椰子林の中を、一キロばかり入った雑木林の中にあった。椰子林の中の雑草を刈り取って開いた農園も、昭和二十年始めにはかなりの広さになり、陸稲や甘藷も順調に収穫されるようになった。

　材料廠出身の技術屋たちは、海岸近くにあった椰子の実処理場の廃屋から運んで来た、ドラム缶や鉄板等を加工して、農作業に必要な鎌や鍬、土民が持つような重宝な蛮刀、それに陸稲収穫に必要な稲扱機《こぎき》や籾《もみ》すり器まで作ってしまう多才ぶりに感心するとともに、この原始的農場の生産能力が一段と向上したのは言うまでもないことである。

また、隊員五、六人からなる製塩製油班は、海岸近くの雑木林の中に小屋を作り、光がもれないよう屋根を椰子の葉やシートで覆い、夜をまって鉄板で作った平鍋《ひらなべ》で海水をたき上げて塩を作り、また椰子の実をけずって鍋に入れ、たき上げて椰子油を作った。燃料は椰子の殻でよくもえる。

またこの附近には野生化した豚が出没するので、これを捕獲するため狩猟班二名をきめて捕獲にあたる。野生豚には通り道があるので、そこにわなを仕掛けてかなりの実績が上がった。

このような状況の中、いつものように農園で作業していたところ、突然爆音がひびいたのでみんな大急ぎで、竪穴式の防空壕に飛び込んだ。低空で飛来した敵機が、執拗に機銃掃射を繰り返すので、何事だろうと頭を上げて見れば、白シャツを着たまま突っ立って敵機をにらんでいた、壱ッ石金次郎准尉(北海道出身)に機銃弾が命中、胸部貫通で即死。一瞬の出来事だったが、温厚かつ正義感の強い快男児を失い、まことに無念の極みであった。

## 二、終戦

八月に入ったある日、いつものように農園で作業していると、低空で飛来した敵機が、くり返しビラをまいて、そのままとび去った。また、いつもの降伏勧誘のビラかと思いながら拾ってみると、「戦争は終わった。八月十五日、日本国は連合国に無条件で、全面降伏した」との内容。その後もビラ撒《ま》きが続き、機銃掃射もしなくなったので、今までとは違い少し様子が変だと思い始めた。

次の連隊本部での命令受領の日、初めて連隊副官より戦争終結の通達を受ける。八月十五日の終戦の日を三、四日すぎた頃である。

本当に戦争が終わったことを知って、敗戦の無念さとは別に、長い緊張生活から解放される安堵《あんど》感、祖国へ帰られる喜びが交錯して、何とも言えない気持ちであった。

戦争は終わり、戦いには敗れたが、軍隊としての規律を乱さないよう行動せよとの命をうけ、これまで通りの生活が続けられたが、みんなの話題はいつも、これからどうなるのか、いつ帰れるのか、故郷のこと、家族のことに移り、じれったい思いが続く。

十一月頃になって、連隊本部より概《おおむ》ね次のとおりの通達があった。

1、ヌマヌマ地区の各部隊は、中央山岳路線を越えて、タロキナに終結する。

2、所有する武器弾薬は、まとめて残置秘匿する。ただし部隊が移動するときは、地元民とのトラブルをさけるため五人に一丁の割で、小銃を携行する。

3、所持品は毛布、携帯天幕などのほか、最小限の食糧及び身のまわり品とする。

4、行程は長距離かつ悪路のため、衰弱した病人など歩行困難な者の対策を協議しておくことなど。

当時、農園近くの林の中に病舎を設け、マラリアなどで衰弱した者を、まとめて収容し食事などを運んでいたので、終戦のことや引き揚げのことなどを連絡し、元気を出して一緒に帰ろうとみんなで激励する。

そのころ私たちの中隊には、小銃、帯剣、手榴弾以外に武器らしいものはなく、集結を指定された日までに、宿営地近くの大きな倒木脇に、武器弾薬、防毒面などをまとめて堆積、その上に丸太や雑木を覆って秘匿する。

## 三、移動

ヌマヌマ集結を指示された当日早朝、思い出多い宿営地に別れを告げ、いよいよ出発、私にとっては毎週の命令受領で歩きなれた道ながら、病弱な者もいるので、ヌマヌマに着いたのは午後になり、連隊本部に連絡、指示をうけて野営する。

翌朝早く、他の部隊とともにヌマヌマ地区を出発する。浅い灌木林を抜けると間もなく坂道にかかる。狭いながらもふみならされた土人道が、うす暗い雑木林の中につづく。やがて第一基点に着く。

この路線は、昭和十八年十一月一日、ブーゲンビル島西中央部のタロキナに米軍上陸後、攻防上の要衝として重要視されるようになったもので、ヌマヌマ側より順番に第一基点より第五基点まで名称が付けられた。

第一基点をすぎる頃から道の勾配もきつくなる。第二基点附近までは、路線上の変化は特に見られなかったが、第三基点に近づく頃から、激しい砲爆撃の形跡がみられるようになった。また左側は深い谷をへだてて、手の届くほど近くに高い山が接近する。

基点守備隊が一番苦労したのは水で、スコールの時は携帯天幕で雨水をうけ、炊事用の水は飯盒などの容器をもって、谷川への水汲みが欠かせない。ところが、しばしば敵の待ちぶせ攻撃をうけて死傷者まで出る始末。このような接近戦での不利は、自動小銃と旧式歩兵銃との性能の差、絶対に先に敵を見つけて対応する以外に手がない。

また、後方からの救援物資輸送隊は、食料弾薬、医薬品などを背負子《せおいこ》にくくりつけ、各人が背負って運んだが、これもたびたび敵の待ちぶせ攻撃をうけるため、一計を案じ、本隊が並んで歩行することをさけ、先導兵一人をオトリにして先頭を歩かせ、被害を最小限に止める作戦をたてたとか、オトリにされる先導兵もやりきれなかったに違いない。

第四基点に近づくと、附近の山は砲爆撃により丸はだか、壍壕の中でくぎづけになり、動けば向かいの山から迫撃砲弾が飛んでくるので、行動できるのは夜間だけ。守備隊員に取っては食料不足、マラリア、砲爆撃と苦労の多いことだったに違いない。山かげの陣地は、何一つさえぎるものもない斜面で、あちらこちらに掘られた壍壕の跡が前線の苦労を偲ばせる。

この戦線で戦った第二剣部隊（歩兵第五十四連隊第二大隊と歩兵第五十三連隊第六中隊で編成）の回想記によると、昭和十九年八月、タロキナ峠（ブーゲンビル島背梁山系分水嶺）から第四基点附近に浸透して来た敵軍は、砲、爆撃の支援の下、火炎放射器、バズーカ砲などを持ちこみ、激戦となる。

そのころ第二基点は下士官以下七、八名の分哨で、第三基点は大隊本部が進出していたが、マラリアと栄養失調による損耗だけでなく、物量に勝る敵は、こちらが一発撃てば雨あられのように反撃してきて動くことも出来ない。夜をまって夜襲や切り込み決死隊を試みるも、敵はこれを予測して夜も猛射をくり返す、かくて多くの死傷者を出し、前線は第三基点まで後退する。

昭和二十年二月七日、方面軍命令が出されたが、その要旨は次のとおりであった。
一、方面軍将兵の共通一貫の根本任務は、一人十殺をもって敵戦力を破砕することにあり。
二、敵の来攻に際しては果敢に反撃し、これを撃砕すべし。
三、斥候、伝令及び目的を達成せる挺身攻撃部隊並びに遊撃部隊以外の、戦闘部隊に入れる将兵は、断じて後退することなくその戦場を死所となし、以って悠久の大義に生くべし。

四、戦傷者の治療は、衛生部員の第一線進出により行なうを要し、負傷せる戦友の看護は許されず、また負傷者、戦線よりの後退は軍法に問われるべきものとす。

（その他省略）

第三基点から五百〜千メートル先の敵陣地が見え、その奥に幕舎が点々と望まれる。わが守備隊は、死傷者、増援部隊と横の連絡が不十分で、それぞれ陣地を構築したものの、指揮命令系統がばらばらのまま、第三基点は第一線となり、陣地は焦土化、多数の犠牲者をだすことになった。

終戦当時、わが中隊名簿で隊員の消息をチェックした時、この第四基点附近での戦死没者が、二十名近くあったことを思いおこし、何ともやりきれない気持ちで一杯であった。いま隊員一同この現地に立って、戦死没戦友の冥福を祈り、心より黙禱を捧げる。

第四基点を過ぎると、間もなく稜線は下り坂となる。

私たちの一行は、この附近から急な斜面をすべるようにして谷川へ降りる。切り立った山あいの川は、せまいようでも五、六メートル幅はあろうか。浅いながらも清らかな流れを少し下って、うっそうとした頭上の密林が少し開けた場所に出る。ここから対岸の急な斜面をはうようにして昇る。

しばらく昇ると、雑木などを伐採した広々とした場所に出た。敵の陣地だ。終戦後、武器や防御柵《さく》設備などは撤去されているようだが、広い砦の中央から峰伝いに延びる広い道、兵舎らしい建物、トラックやジープなどの車輌、わが方の常識からは想像出来ない世界が広がっていた。

## 四、タロキナ基地

戦史によると、昭和十九年十一月二十三日、タロキナの米軍はオーストラリア軍と交替したとのことで、連合国軍が基地を設けるにあたっては、ブルドーザーなど大型土木機械を投入して密林を開拓、路面に鉄板を敷いて滑走路を造成、短期間のうちに飛行場を建設。また防疫対策としては、当時開発していた強力殺虫剤ＤＤＴ粉剤を空中散布して蚊の発生を防止、マラリア対策として兵員居住区の安全を確保したという。

その日は、ここで野営することになり、持参した最後の飯盒飯を食べる。翌朝、コーヒーや西洋煙草の香りのただよう空気の中で目がさめる。朝食は初めての豪州軍給食だ、コーン入りの雑炊とパン食だったが、これが何ともおいしくて、粗食に耐えてきた胃袋にとって忘れられない味であった。

やがて、四列縦隊となって前線基地を出発、峰伝いの道路は広くてまるで舗装されているかと思われるように整備され、時折ジープとすれ違う。下り坂をしばらく行き、基地勤務の者らしい一団とすれ違う。昨日の敵は今日の友、互いに手を振って別れる。坂道が平地に近づく頃、崖に取りつけられた大型昇降機を目にする。大型物資を上下の路線間で移動させるためのものらしい。

タロキナ基地に着いて間もなく、将校と下士官、兵を分離し、近くの島に設けられた収容所に移される。一区画の収容人員は一千名。鉄条網で囲まれた収容所では、毎朝全員を数えやすいように、方形に並べて点呼をとるのだが、基盤目のように縦、横の間隔を正しくとらないと、なかなかそろわない。豪州軍中佐殿の人員点呼は、毎朝かなりの時間がかかったものである。

またこの朝礼のとき、各隊の使役人員が割り当てられたが、使役は収容所の外に出て、兵員宿舎の掃除や雑用、道路補修などが主な作業だが、外に出る方が気が晴れるので、いつも使役希望者が多かった。

一方、収容所内では、毎日の退屈をまぎらわすため、用紙に花柄を描いて花札を作る者や、椰子の木を駒材料にして麻雀牌を作る者もあり、その器用さに感心させられたものである。

内地への引揚船の話が出るようになったのは、昭和二十一年に入ってからである。二月に入って間もなく、わが生き残りの航空母艦が兵装を除去し、輸送船に改装して入港して来た。幸いにもこの輸送船に乗船することが出来て佐世保港に入港したのは、二月下旬であった。

上陸するときは引揚者全員、背部と腹部にＤＤＴ粉剤の入った噴霧器をさし込んで消毒する。外地からの病原菌持ち込み防止のためである。なおＤＤＴ粉剤は、戦後わが国でも農薬などとして広く使用されたが、人体への影響が問題視され、その後、製造使用が禁止された。

二度と再び祖国の土を踏むこともなかろうと覚悟していた私が、みんなに迎えられてわが家に帰りついたのは、昭和二十一年三月一日のことである。

## 五、終わりに

私たちが終戦までの長い期間を過ごしたブーゲンビル島は、一七六八年、フランス人探検家ルイアントン・ブーガンビル海軍大佐が発見、ソロモン諸島最北端に位置し、東西約八十キロ、南北約二百キロ、面積一万六百平方キロ、一八八五年、ドイツの保護領となり、ボーゲンビル島と呼ぶ。

第一次大戦でドイツが破れ、オーストラリアの保護領となる。第二次大戦では、連合軍の蛙飛び作戦により、六万を越す陸海軍将兵は、援軍も補給も絶たれて孤立し、三万三千五百四十九名が戦いと飢えと病により死亡。戦後、遺骨の収集も進まず、「墓」島と呼ばれる。一九七五年、「パプア・ニューギニア」として独立、現在に至っている。
なお孤立した「ブ」島の主な部隊名は次の通りである。
第十七軍司令部（ガ島より移駐）
第六師団（熊本編成）
第十七歩兵団（姫路編成）
海南第四守備隊（篠山、奈良、加古川）
終戦当時、私たちが所属していた歩兵第八十一連隊（金子大佐）は、歩兵第十七旅団（木島少将）に所属。戦後歩兵第八十一連隊の鎮魂碑は、生還者の寄進により姫路城下護国神社境内に建立された。碑面「鎮魂」の揮毫《きごう》は、元第十七師団長酒井隆中将の筆による。歩兵第八十一連隊は、元朝鮮半島駐在の三ヶ連隊を主幹として編成され、中支からブーゲンビル島へと転戦、七年余の間における戦没者は、五千余名といわれている。
また、昭和十六年九月に入隊当時所属した、独立工兵第二十六連隊（後に船舶工兵第六連隊と改称）は、山口県柳井市伊保庄地区にあり、地元では、元部隊跡地の一角に「雄心の碑」を建立し、地元有志の方々や戦友会が共催して、戦没者、物故者の慰霊祭が毎年行なわれ、二〇〇五年四月で二十八回目となります。
多くの犠牲者の心労を無にせず、不戦の誓いを新たにし、心より戦没者の冥福を祈りつつこの稿を終わります。

# あとがき

戦後六十年の節目を迎え、当時を語れる戦友も残り少なくなってきました。戦争中のあのにがい体験を無にしないよう、その真実を次の世代に伝えることは、私たち戦争体験者のつとめであるとの思いから、後ればせながら筆をとることにしました。

もとより命ぜられるままに行動しなければならない兵士には、おかれている立場やその背景は全く見えて来ないし、日時や場所も忘却の果《はて》にあります。ところが五、六年前に、防衛研修所戦史室編纂の戦史叢書《そうしよ》（百二巻）に出会い、戦後各地域の戦史をまとめていることを知り、参考にさせて頂きました。当時の私たちは、そのほとんどが二十歳前後から三十歳台までの多感な若者であり、また皆さんの父祖にあたる人達です。

ガタルカナル島作戦撤退当時、最後に残った後衛部隊長だった松田陸軍大佐の日記に、「誰が考えても、この弱り切った役に立たない二千名を救うより、駆逐艦一隻を失わないことの方が、戦力としてどんなに大切であるか、はかり知れない」との感想がありますが、戦争の悲惨さを象徴する言葉として、平和に慣《な》れた現代の「人の命は地球より重い」と対比されるべき重い言葉です。

少子高齢化が進み、若者への期待が益々大きくなってくる現代、皆さんには是非健康で、世の中の役に立つ人間になってほしいとの思いは、私だけでなくみんなの願いだと思います。

なお、本書刊行にあたり、元船舶工兵隊顕彰碑保存会の山本会長さんを始め、戦友会の皆さんのご協力と、元就出版社社長の浜正史さんらのご指導に感謝し、厚く御礼申し上げます。

岡村千秋

# 付I――船舶隊の歌（作詞・不祥　作曲・陸軍戸山学校音楽隊）

一、暁映ゆる瀬戸の海
昇る朝日の島影に
偲《しの》ぶ神武の御東征《みいくさ》や
五条の勅諭畏《みことかしこ》みて、
強兵《つわもの》我等海の子は
水《みず》漬く屍《かばね》と身を捧ぐ
ああ忠烈の船舶隊

二、伝統永し五十年
聖戦幾度《いくたび》海越えし
勲輝く我が部隊
出師《すいし》の任の重ければ
大命一下忽《たちま》ちに
わが艨艟《もうどう》は波をける
ああ勇壮の船舶隊

三、海浪風波荒るるとも
爆撃雷撃《ばくげきらいげき》繁くとも
唯黙々《ただもくもく》と進み行く
奇襲《きしゅう》に勇む鉄舟群
水際《みぎわ》に上がる勝鬨《かちどき》や
上陸戦は我にあり
ああ壮烈《そうれつ》の船舶隊

四、潮路はるけき戦線を
銃後に結ぶ輸送船
対潜対空弛《ゆる》みなく
無線の波に打ち乗りて
我が船団はひた進む
補給の戦《いくさ》我にあり
ああ重責の船舶隊

五、
八紘一宇《はっこういちう》の大御業《おおみわざ》
永遠《とわ》に栄えん大東亜
南溟北斗《なんめいほくと》幾万里
我が輸送旗の征く所
御稜威《みいつ》普く《あまねく》拡めばや
撃ちて止まん心もて
ああ大任の船舶隊

大発動艇図

（昭21年の船舶残務整理部の資料）

| 高速艇甲 | 高速艇乙 | 装甲艇 | 水船（300屯） | 駆逐艇 | 高速輸送艇 | 機動艇 | 潜航輸送艇 | 特攻艇 |
|---|---|---|---|---|---|---|---|---|
| 14.42 | 11.00 | 17.10 | | 18.00 | 33.00 | 59.00 | 40.90 | 5.6 |
| 2.74 | 2.43 | 3.50 | 7.62 | 4.30 | 5.50 | 9.60 | 3.90 | 1.8 |
| | | | 0.74 | | | | | 0.73 |
| 0.70 | 0.75 | 1.00 | 2.60 | 0.65 | 1.35 | 4.00 | 2.90 | |
| 航空ガソリン 400×1 | ジーゼル 100×1 | ジーゼル 350×1 | ジーゼル 100×1 | 98航空 800×2 | 98航空 800×3 | ジーゼル 580×2 | ヘッセルマン 200×2 | 自動車用 ガソリン |
| 1,800 | 1,500 | 750 | | 1,650 | 1,650 | 290 | 70Kw 50Kw | 70馬力 |
| 37 | | 14 | 6 | 38 | 25 | 14 | 水上 10 | 20～24 |
| | 13 | | 5 | 廻航 7.5 | | 12 | 水中 5 | |
| 7.2 | 4.5 | 20 | 空 10.1 | 18 | 37 | | | 0.9 |
| | | | 181.7 | | 85 | 750 | 346 | |
| 223 | | 140 | | 135 | 1,000 | 3,000 | 水上1,500 | 3.4時間 |
| 4～5 | 4～5 | 13 | | 兵装 10<br>操縦 11 | 兵装 13<br>操縦 15 | 208 | | 1人 |
| | | | | HMA 1<br>M G 2<br>爆雷投下器2<br>ラ 号 1 | HMA 1<br>M G 2<br>ラ 号 1 | A A 1<br>HMA 2<br>M G 2<br>中 迫 1 | 37TKA 1<br>ラ 号 1 | 250kg<br>爆雷 1コ |
| 兵 8 | 兵 10 | | 水 330 t | | 25 t | 中TK 4<br>トラック1<br>小発 3<br>人 150 | 40 t | |
| 300 | 23 | 75 | | 270 | | 174 | | |
| 又ハ 400<br>360 | 110 | 385 | | 850 | 850 | 550 | 200 | |
| 600 | 500 | 200 | | 600 | 600 | | 300 | |
| 1,800 | 1,500 | 900 | | 1,850 | 1,850 | | 1,000 | |
| 12 | 6 | 6 | | 12 | 12 | | 6 | |
| 130 | 130 | 235 | | 160 | 160 | | 17.8 | |
| ゼニス | ホツシユ | 新 潟 | | | | | 羽 田 | |
| 280 | 210 | 230 | | 270 | 270 | | | |
| 1.0 | 0.5 | 1.6 | | 7.5 | 7.5 | | | |
| ホツシユ | 24V×<br>130V | 空気圧<br>35kg | | | | | | |
| 875 | 1,100<br>1,100 | 4,000 | | 1,000 | 1,000 | | | |
| 6V120A<br>×2 | 6V<br>×20AH | 100V×2 | | | | | | |

# 付II ── 旧陸軍／各種舟艇主要諸元表

| 要目＼船種 | | 特大発 | 鉄製大発 | 木製大発 | ペニヤ大発 | 小発 | 機付艀船 |
|---|---|---|---|---|---|---|---|
| 寸法 | 全長（米） | | 14.88 | 14.50 | 15.00 | 10.60 | 13.00 |
| | 巾（米） | 4.85 | 3.35 | 3.35 | 3.35 | 2.44 | 3.09 |
| 吃水 | 空船（米） | 0.54 | 0.46 | 0.45 | 0.50 | 0.42 | 0.63 |
| | 満船（米） | 0.93 | 0.70 | 0.97 | 0.62 | 0.63 | |
| 機関 | 種類・馬力 | ジーゼル 60×2 | ジーゼル 60×1 | トヨダ 45×2 | ジーゼル 60×1 | ジーゼル 60×1 | 焼玉15×1 |
| | 回転数（毎分） | 1,500 | 1,500 | | 1,500 | 1,500 | 400 |
| 速力（浬） | 空船 | 10 | 9 | 8 | 9 | 10 | 5.6 |
| | 満船 | 9 | 8 | 7 | 8 | 3 | 6.5 |
| 船体重量（屯） | | 26.3 | 9.5 | 10.7 | 7 | 3.75 | |
| 総屯数 | | | | | | | |
| 航続力（浬） | | | 85 | 39 | | 36 | |
| 乗組員人数 | | | 6～7 | 6～7 | 6～7 | 4～5 | |
| 兵装 | | | | | | | |
| 搭載量 | | 兵 180<br>中TK 2<br>A 1小<br>（兵共） | 武装兵 70<br>馬 10<br>83TK 1<br>物 12 t | 同左 | 同左 | 兵 40<br>物 3 t | 兵 70<br>馬車 10<br>2<br>0TK 2<br>物 11 t |
| 消費燃料（毎時・毎馬力） | | | 14立 | 7 | 85 | | 0.5 |
| 最大軸馬力 | | | 66 | 75 | | | 17 |
| 低速 | | | 500 | 500 | ↑鉄製大発に同じ↓ | ↑鉄製大発に同じ↓ | 300 |
| 高速 | | | 1,500 | 2,000 | | | 500 |
| 気筒数 | | | 6 | 6 | | | 1 |
| 気筒内径 | | | 110 | 8,414 | | | 200 |
| 燃料ポンプ（気化器） | | | ホツシユ | | | | |
| 燃料消費量 1／HP／H | | | 210 | 270 | | | 300 |
| 滑油消費量 | | | 0.4 | 0.6 | | | 0.5 |
| 発電機 | | | 24V×<br>130V | | | | |
| 機関重量 | | | 690 | 400 | | | 950 |
| 蓄電池 | | | 6V126AH<br>×4 | | | | |

## 付III——行動年表

| 戦局関係 | 部隊行動 |
|---|---|
| 昭和16年<br>12月8日　大東亜戦争開戦<br>22日　フィリッピン攻略作戦 | 9月28日　独立工兵第26連隊入隊（柳井市伊保庄）<br>11月19日　独立工兵第28連隊第1中隊転属<br>25日　台湾高雄市安平到着<br>12月18日　高雄港で乗船出港<br>22日　フィリッピン　リンガエン湾上陸作戦 |
| 昭和17年<br>3月1日　ジャワ攻略作戦<br>9日　蘭印軍全面降伏<br>7月4日　我が軍ガ島上陸飛行場建設<br>8月7日　米軍ガ島上陸<br>18日　ガ島上陸作戦開始 | 1月16日　第14軍より第16軍の指揮下に入る<br>2月8日　フィリッピン　リンガエン湾出港<br>3月1日　ジャワ　クラガン沖上陸作戦<br>9日　スラバヤ港移駐<br>7月11日　船舶工兵第三連隊と改称<br>9月18日　ジャワ　スラバヤ港出港<br>29日　ニューブリテン島ラバウル到着<br>10月14日　ソロモン群島ガタルカナル島タサファロング上陸作戦　連隊長小笠原中佐戦死<br>11月下旬　連隊の一部ガ島よりラバウルへ転進 |
| 昭和18年<br>2月上旬　ガ島撤退作戦 | 2月上旬　連隊長（後任松山中佐）ガ島撤退作戦を指揮しラバウルへ転進集結<br>2月11日　ガ島作戦の功により第17軍司令官より部隊感状を授与される<br>3月28日　フィリッピン　セブ島移駐のためラバウル出発<br>4月中旬　セブ島到着 |

| | | |
|---|---|---|
| | 9月下旬～10月上旬 コロンバンガラ島撤退作戦<br>11月1日 ブーゲンビル島タロキナへ米軍上陸 | 8月3日 ラバウルに向かってセブ島出発<br>24日 ラバウル到着<br>9月8日 ブーゲンビル島エレベンタ到着<br>9月下旬 コロンバンガラ島撤退作戦（第一次）<br>10月上旬 右 同（第二次）<br>10月中旬 ブーゲンビル島トノレー湾移駐 |
| 昭和19年 | 2月15日 グリーン島へ米軍上陸<br>11月23日 タロキナの米軍濠州軍と交替 | 1月18日 中隊主力はラバウルへ移動<br>3月頃 トノレー湾の一中隊残留組ブ島タリナへ移動<br>6月9日 コ島作戦の功により第二船舶団各隊に対し第17軍司令官より感状を授与される<br>7月頃 一中隊残留組ブ島ヌマヌマ地区へ移動<br>7月25日 歩兵第81連隊へ転属作業、中隊編入<br>9月頃 ブ島アリグワへ移駐、食料生産へ |
| 昭和20年 | 8月15日 終戦 | 1月上旬 歩兵中隊へ派遣、山岳守備隊へ<br>6月頃 作業中隊へ原隊復帰<br>11月頃 山岳路線を越えてタロキナ地区へ移動、収容所へ |
| 昭和21年 | 2月中下旬 引揚船 | 2月下旬 ボ島タロキナより引揚船により佐世保へ<br>28日 召集解除 |

南十字星のもとに――ああ船舶工兵隊

2005年10月11日　第1刷発行

著　者　岡　村　千　秋
発行人　浜　　　正　史
発行所　株式会社　元就《げんしゅう》出版社


〒171-0022 東京都豊島区南池袋4-20-9
サンロードビル2F-B
TEL　03-3986-7736　FAX　03-3987-2580
振替　00120-3-31078


印刷所　中央精版印刷株式会社

※乱丁本・落丁本はお取り替えいたします。



ISBN4-86106-028-1　C0095